SCELTE

UN RACCONTO DELLA SERIE MISTERI NEL SUSSEX

ISABELLA MUIR

OUTSET PUBLISHING LTD

Pubblicato in Gran Bretagna

Da Outset Publishing Ltd

Prima edizione in italiano pubblicata Maggio 2022

Prima edizione in inglese pubblicata Ottobre 2021

ISBN: 978-1-872889-45-0

www.isabellamuir.com

INDICE

UNO

Ogni volta che Annabelle Stubbs avvertiva Vera di non avventurarsi all'estremità meridionale di Sandy Close, Vera le chiedeva, "Perché?" La risposta di sua madre era decisa, "Tutto quello che devi sapere è che non è un posto per te."

Nonostante ciò, era proprio all'estremità meridionale di Sandy Close che Vera doveva andare, poiché era qui che Jessica aveva scelto di disegnare la campana. L'aveva disegnata per terra con gesso rosa e bianco. Bianco per le righe e rosa per i numeri.

Vera carcava di capire come Jessica avesse fatto ad avere il gesso rosa. Una o due volte, Vera aveva visto la signora Cartwright usare gessetti colorati. L'insegnante aveva disegnato sulla lavagna un diagramma per spiegare la differenza tra un triangolo e un rettangolo. Lei aveva disegnato il diagramma con il gesso bianco, aggiungendo frecce e parole in un colore. Se Vera chiudeva gli occhi, rivedeva quel diagramma e, sì, il colore del gesso era rosa. Jessica aveva rubato il gesso alla signora Cartwright.

Quella mattina, quando Jessica arrivò all'estremità di Sandy Close, Vera stava aspettando.

"Chi va per prima?" disse Jessica.

"Tu hai disegnato la campana, perciò vai per prima." C'era autorità nella voce di Vera, anche se Jessica era di un anno più grande di lei.

Mentre Jessica iniziava, mettendo il piede destro nel primo quadrato, tenendo in alto la gamba sinistra, Vera gridò, "Hai rubato il gesso rosa alla signora Cartwright?"

Jessica per un secondo o due, sembrò un fenicottero goffo, in equilibrio su una gamba sola, prima di cadere e atterrare con il sedere a terra.

"È colpa tua. Mi hai fatto cadere." Lanciò un'occhiataccia a Vera, "Se non vuoi giocare per me va bene. È comunque è un gioco stupido."

Senza rispondere alla domanda di Vera, Jessica si alzò, si tolse la polvere di gesso dalla gonna e si diresse a casa.

La casa di Vera era in Victoria Lodge, una casa bifamiliare in mattoni rossi all'estremità settentrionale di Rye Road. A poco più di dieci minuti a piedi dal lungomare di Tamarisk Bay e a meno di cinque minuti dai negozi del posto. Victoria Lodge era rimasta inalterata nonostante la recente ondata di bombardamenti, anche se tre giorni prima due delle case a metà strada erano state quasi rase al suolo. Le due famiglie erano fuggite senza essere ferite, ma i loro effetti personali erano in evidenza, sparpagliati dall'altra parte della strada come se un gigante avesse disperso tutti i suoi beni terreni in un impeto di rabbia.

Una volta in casa, Vera si cambiò le scarpe da esterno con le pantofole e si guardò intorno in cucina in cerca di qualcosa da mangiare. La colazione era avvenuta ore prima. Sua sorella, Enid, iniziava il lavoro alle otto e mezzo anche se il negozio dove lavorava non apriva fino alle nove.

"Perché?" Vera aveva chiesto a sua sorella. "Cosa devi fare?"

"Solo per essere lì. Assicurarmi che siamo pronti per i clienti."

"Perché ci vuole mezz'ora intera?"

"Tu e le tue domande," fu l'unica risposta di sua sorella.

Vera prese il barattolo di biscotti dal ripiano più basso, sapendo prima di togliere il coperchio, che sarebbe stato vuoto. Aveva sgranocchiato l'ultima manciata di biscotti rotti il pomeriggio prima e l'ultimo pane era stato usato per il panino di Enid. Quella mattina avevano mangiato del porridge per colazione, ed Enid avrebbe portato a casa una pagnotta fresca più tardi. Ma c'era una crosta secca avanzata dal giorno prima. La spalmò con un po' di marmellata di more fatta in casa da sua madre. Almeno avrebbe soddisfatto qualunque cosa stesse provocando i rumori di gorgoglio dentro di lei. Dopo aver spalmato la marmellata sul pane, gettò il coltello nel lavandino, giurando a sé stessa di lavarlo prima che sua madre ritornasse da dove si trovava. Forse al piano di sopra a cambiare i letti, anche se di solito era il lavoro del lunedì. Un lavoro che lasciava sempre sua madre rossa in viso e stanca.

Vera non aveva ancora deciso cosa fare da grande. Ma era certa dei lavori che non voleva fare. Cambiare i letti era uno.

Battendo una mano sulla pancia per fermare il brontolio, Vera tese un orecchio per cercare di sentire i passi di sua madre che calpestavano le assi scricchiolanti del pavimento sopra la sua testa. Invece sentì delle voci. Si sforzò di cogliere le parole. La voce di sua made e di un'altra persona. Parlavano entrambe sottovoce.

"Allora devo prendere in prestito la tua," sentì dire a sua madre.

La risposta l'aiutò a dare subito un nome alla voce. Zia Doris.

"Tu puoi scegliere tra due," disse Doris.

"La più larga è la più elegante, ma se la riempi, farai fatica a portarla in giro. Anche se è vuota è pesante da portare. È pelle vera, vedi."

Poi di nuovo sua madre, sottovoce in modo che Vera non poté afferrare le parole. Dopo pochi istanti, la conversazione si fermò e Annabelle Stubbs e sua sorella entrarono in cucina.

"Oh, Vera, guardati. Tu hai la marmellata tutt'intorno alla tua bocca. Ne hai fatta cadere persino un po'sul maglione. Devo subito andare a togliere la macchia. Non sono mai riuscita a togliere i segni della raccolta delle more dell'estate scorsa dal tuo top. Finirai senza vestiti da indossare."

"Ciao Vera." Zia Doris fece un cenno di saluto alla nipote, dirigendosi verso la porta sul retro come se fosse restia a farsi coinvolgere in qualsiasi discussione sulla macchia.

"Me ne vado." Doris guardò verso sua sorella. "E pensa a quello che ho detto poco fa. Fammi sapere."

Vera notò lo scambio di sguardi tra sua madre e sua zia e prese fiato, pronta a fare una domanda, fermandosi prima che fosse pronunciata una parola. Era la seconda volta che vedeva sua zia quel giorno ed era della precedente visita di cui desiderava chiedere.

Vera quella mattina era dovuta andare al negozio di Enid. Sua sorella era uscita di corsa, dimenticandosi di prendere il suo pranzo. Enid era incorsa nell'ira di sua madre 'indugiando' durante la colazione.

Era la prima volta che Vera sentiva quella parola. Continuava a provare il suono nella sua testa, progettando di usarla il prima possibile. Non per mettersi in mostra, anche se pensava che potesse sembrare così.

"Mangia," aveva detto sua madre, vedendo l'indugiare di Enid. "Faresti meglio a smettere di indugiare o farai tardi al lavoro."

Enid aveva risposto con uno sguardo acido spingendo via il suo piatto, con il porridge appena toccato. Fu solo quando la porta sul retro era stata sbattuta che Annabelle aveva notato il pacco di carta oleata appoggiato sul mobile della cucina.

"Ecco ora, guarda là. Tua sorella è andata via ed ha lasciato il suo pranzo. Vera, faresti meglio a rincorrerla per portarglielo."

Dopo che Vera aveva cambiato le pantofole con le scarpe, sbrogliato il nodo dei lacci prima di riannodarli di nuovo, finendo con un doppio fiocco, aveva scelto una sciarpa dal gancio accanto alla porta sul retro ed era uscita in strada, Enid non si vedeva più da nessuna parte.

Non c'era bisogno di correre però. Il negozio non apriva prima delle nove e fino a quel momento Vera avrebbe probabilmente trovato Enid nel ripostiglio sul retro, a cui si accedeva da Pebsham Close.

Fu mentre svoltava da Rye Road in Pebsham Close che l'aveva vista. Zia Doris. Era ad almeno un centinaio di metri di distanza, ma non c'era dubbio che fosse lei, anche se la vedeva dal dietro. Sua zia indossava sempre un caratteristico cappotto color cammello con una sciarpa color ruggine avvolta intorno alle sue spalle, i suoi capelli scuri lunghi e sciolti. E poi, la cosa più strana. Più lontano, alla fine della via c'era un uomo seduto su una motocicletta, con un carrozzino a fianco. Vera non aveva mai visto una motocicletta simile prima.

L'uomo aveva guardato Doris avvicinarsi, aveva alzato la mano per salutarla. Poi, senza alcuna esitazione, la zia era corsa dritta verso l'uomo, si era chinata verso di lui e lo aveva baciato. Vera non riusciva a credere a quello che aveva visto e, sebbene non ci fosse nessuno nelle vicinanze a sentirla, aveva sussultato a voce alta. Pochi secondi dopo zia Doris era salita sul sidecar della moto. Vera si era ritirata dietro l'angolo, in uno stretto vicolo, dove era rimasta invisibile mentre la coppia che si era baciata le passava accanto.

Ed ora, lei immaginava sua zia Doris in piedi di fronte a lei.

"Vera, che cosa ti ho detto?" Sua madre aveva parlato e Vera non aveva sentito una sola parola. "Togliti quel maglione così posso metterlo in ammollo. Ecco, lascia che prima ci metta un po' di sale, vedrai che potrebbe funzionare."

Mezz'ora dopo il maglione era nel lavandino e Vera stava guardando sua madre che preparava i dolci. Il mistero di zia Doris e del bacio era stato messo da parte per il momento, ora era affiancato dalla misteriosa conversazione sussurrata tra sua madre e sua zia, che Vera aveva sentito prima. Stava diventando una giornata strana.

"Quando saranno pronte le crostate con la marmellata, mamma? Non dobbiamo aspettare fino all'ora del tè, vero? Sto morendo di fame."

"Non stai morendo di fame. Se lo fossi, te ne accorgeresti, fidati di me. E, sì, aspetteremo fino all'arrivo di Enid prima di toccarne una. Adesso prendi il tagliapasta e se mi prometti di stare attenta, ti lascio tagliare il fondo e metterci la marmellata."

Un attimo dopo e la pasticceria e la marmellata furono dimenticate mentre la sirena dell'incursione aerea ululava.

"Mamma, falla smettere." Vera urlò sopra al frastuono, mentre stringeva le mani contro le sue orecchie.

Ogni incursione portava terrore, a volte devastazione, a volte morte. Come poteva essere sua madre così calma? Vera la osservò allungarsi verso lo scaffale sopra il lavandino e prendere un piattino, una candela e tanti fiammiferi. "Dai Vera, sai cosa dobbiamo fare."

Annabelle prese la mano di Vera, tirandola verso di lei, mentre Vera tirava dall'altra parte nel vano tentativo di rimanere in cucina.

"Sei una ragazza grande adesso, tesoro. A dieci anni non ci si comporta come bambini, vero? Tu puoi scegliere di avere paura, o puoi scegliere di essere adulta e coraggiosa."

Vera non riusciva a dare alcun senso alle parole di sua madre, sicuramente o avevi paura o no. Tuttavia, seguì sua madre nell'armadio del sottoscala. Spostando i cappotti da un lato, andarono in fondo nella parte posteriore dell'armadio, dove c'era dello spazio libero. Annabelle posò il piattino e la candela a terra e l'accese. Avevano usato lo spazio come un rifugio antiaereo in diverse occasioni. Annabelle lo aveva attrezzato con un pacchetto di biscotti e un thermos di spremuta d'arancia, che rinfrescava ogni giorno, per ogni evenienza. Aprì la confezione di biscotti, passando il pacchetto alla figlia. Vera scossa la testa.

"Ecco, un momento fa eri affamata, tormentandomi per le crostate alla marmellata. Prendi un biscotto, fai la brava ragazza e poi prenderemo una tazza di spremuta dal thermos."

"Voglio solo che smetta questa sirena." Vera portò le sue mani alle orecchie, accucciandosi verso sua madre, che era seduta sul piccolo panchetto di legno che aveva prelevato dal giardino uno o due giorni prima. A Vera sembrava che più pigiava le mani sulle orecchie, più era forte il suono delle sirene. Era come se fossero dentro la sua testa.

"Canta per me, mamma. Come hai fatto l'altra volta."

"Solo se ti unisci a me," disse Annabelle. La prima volta che avevano usato il rifugio, Annabelle si era lanciata in 'Ci incontreremo ancora', spiegando a Vera che era una canzone che Vera Lynn aveva cantato alla radio per rallegrare le truppe. Ora la chiamavano 'L'innamorata delle forze armate'. Vera fece un accenno di sorriso mentre sua madre iniziava il ritornello. Il sorriso sembrò liberare anche la voce di Vera, aiutandola a partecipare al resto della canzone, sbagliando ogni tanto le parole. Ma il canto si fermò quando il terreno sottostante tremò e le stecche di legno sopra le loro teste scricchiolarono e gemettero, come se stessero cedendo.

"Stiamo per morire?" Vera si aggrappò alla gamba di sua madre, impedendole di alzarsi in piedi. "Cosa accadrà a Enid se noi moriamo?"

Vera si sporse in avanti, la treccia sfiorò la fiamma della candela.

"Mio Dio, Vera, guarda cosa hai fatto. Hai bruciato i tuoi capelli."

Sembrava che gli orrori si potessero accumulare l'uno sull'altro. L'odore dei capelli bruciati, l'oscurità che seguì quando sua madre spense la candela. Una torre di paure che si ergeva di fronte a Vera, cancellando tutto ciò che era accaduto prima.

"E il negozio di Enid?" strillò Vera. "La bomba potrebbe essere caduta proprio lì. Enid potrebbe essere morta, insieme ai coniugi Thomas e..."

"Basta, ora. Non dobbiamo più parlare di morte." La voce di sua madre era acuta piuttosto che arrabbiata.

Ora non si cantava più, non si parlava, Vera era aggrappata a sua madre.

Quindi Annabelle disse, "Ascolta, è tutto tranquillo. Torniamo in cucina e vediamo se possiamo finire i dolci."

Quando Annabelle aprì l'armadio, una nuvola di polvere soffocante le accolse. Una polvere bianca finissima ricopriva il linoleum che era posto al centro delle scale, come se qualcuno avesse sparso dello zucchero a velo.

"Aspetta qui, Vera," era l'istruzione di sua madre, ma lei la ignorò, sua madre la precedeva, e quando raggiunse l'inizio delle scale, avvertì l'abbassarsi della temperatura, come se stesse camminando in una cella frigorifera. I suoni di voci frenetiche e di sirene di emergenza sembravano provenire dalla camera da letto di Enid, piuttosto che dalla strada sottostante.

Vera guardò sua madre aprire la porta della camera da letto per scoprire che non c'era più una camera da letto, ma un mucchio di macerie e vetri in frantumi. Un grido era scappato dalla bocca di Vera prima che avesse avuto il tempo di reprimerlo.

"Ora cosa ti avevo detto? Ti avevo chiesto di stare di sotto."

Sua madre spinse Vera davanti a lei lungo il corridoio. "Bene non finiremo di fare i dolci ora. Per prima cosa, puoi aiutarmi a preparare un letto per Enid. Dividerà la tua stanza con te stanotte e poi vedremo cosa si può fare."

Annabelle consegnò la biancheria dell'armadio a Vera, sistemò il materasso ed i cuscini sul pavimento della sua camera da letto, aggiungendo due lenzuola e delle coperte. Ogni volta che Vera apriva la bocca per fare delle domande, sua madre le metteva un dito sulle labbra.

"Non ora, Vera."

"Ma mamma..."

"No, Vera. Raddrizza quell'angolo, vuoi? Non desideri che tua sorella abbia freddo nella notte, vero?"

Fu più tardi quel pomeriggio, quando Enid tornò dal lavoro e la madre la portò nel ripostiglio, mandando via Vera, che lei ebbe la possibilità di confermare le sue paure. Salì le scale, saltando il quarto gradino che scricchiolava sempre, strisciò lungo il corridoio fino alla camera da letto di Enid ed aprì la porta. Questa volta si portò la mano alla bocca, soffocando il grido che sapeva l'avrebbe tradita. Polvere di mattoni e vetri rotti coprivano il letto di sua sorella, e sopra le coperte, che non sembravano più coperte c'era un grosso masso. L'aria fredda della sera entrava liberamente. Con a malapena pochi frammenti di vetro della finestra rimasti incastrati attorno alla cornice di legno, non c'era riparo dagli agenti atmosferici. Guardando attraverso un vetro rotto, Vera esaminò la strada sottostante alla ricerca di indizi su come il masso fosse finito sul letto di sua sorella. L'esplosione della bomba aveva creato un cratere, a metà strada tra la fila di case di fronte Victoria Lodge, la casa della famiglia Stubbs. La forza dell'esplosione aveva frantumato le finestre, con mattoni e muratura che precipitando dagli edifici vicini, avevano provocato il sollevamento del masso che, come una palla rimbalzante, era atterrato sul letto di Enid.

"Vera, scendi ora." La voce di sua madre era impaziente, irritata. Enid era in piedi dietro la madre, guardando da sopra la spalla i suoi libri, che non erano più impilati sul comodino, ma sparsi sul pavimento.

"Se Enid fosse stata nel letto, il masso l'avrebbe uccisa," disse Vera. Era un dato di fatto. Un fatto che Vera voleva fosse riconosciuto mentre guardava sua madre e sua sorella.

"Lei non sarebbe mai stata nel letto, però, vero?" disse Annabelle. "Perché se Enid fosse stata in casa, saremmo state tutte al sicuro nell'armadio sotto le scale, non ti pare? Ora vieni a lavarti le mani e prendiamo il tè. Domani troverò un aiuto per sgombrare tutto e riparare la finestra."

Sua madre avrebbe risolto tutto. Era una rassicurazione. Ma ci voleva molta più di una rassicurazione per Vera per dormire quella notte.

Di solito sua sorella andava a dormire circa un'ora dopo di Vera. Questa volta Vera era determinata a rimanere sveglia per tutto il tempo necessario fino a quando Enid non fosse entrata nella camera da letto.

"Non sto dormendo," disse Vera.

"E tu non sei nel tuo letto."

"È meglio che tu dormi nel mio letto. Tu devi lavorare domani."

"Grazie sorellina." Enid si spogliò, gettò i suoi vestiti sulla spalliera di ferro ai piedi del letto prima di arrampicarsi e tirarsi su le coperte fin sotto il mento. "Dobbiamo chiedere a mamma se ci sono altre coperte nel soppalco. Stai bene?"

Vera non rispose. Custodiva due segreti, che riguardavano entrambi zia Doris, ma uno doveva rimanere segreto per ora, anche con sua sorella.

"Zia Doris era qui oggi e parlava con la mamma. Bene, più che altro bisbigliavano." Vera fece una pausa.

"Cosa vuoi dire?"

"Enid, che genere di cosa potrebbe essere pesante anche quando è vuota e quando è piena è ancora più pesante? E forse è fatta di pelle."

"Adesso basta, con i tuoi enigmi, dovresti dormire. È tardi."

"Davvero pensaci, Enid. Ho bisogno di sapere."

"Una borsa, suppongo. O una valigia. Ora dormi e non mi svegliare troppo presto domani mattina."

"Perché la mamma dovrebbe prendere in prestito una borsa o una valigia da zia Doris?"

"Come faccio a saperlo?"

Trascorsero così tanti minuti senza un'altra parola di Enid, che Vera pensò che sua sorella si fosse addormentata.

"Enid, tu pensi che la mamma stia pianificando di andare via? Se lei ci lascia, probabilmente morirò."

"Cosa è questa tua fissazione con la morte? Ti sei agitata a causa del raid aereo e dell'esplosione della bomba. Ascolta, mamma sta bene, e così anche noi. Una finestra rotta e qualche maceria da sgombrare non è la fine del mondo. Prova a pensare a qualcosa di carino e presto ti addormenterai."

"Ma mi sento al sicuro solo con mamma. Lei mi canta le canzoni quando siamo insieme nel rifugio. Lei fa tutto bene. Se non sarà qui per badare a noi, cosa accadrà?"

"Ssh ora. Prova a contare le pecore."

"Enid."

"Cosa c'è adesso?"

"Vorrei che papà fosse qui."

DUE

Matthew Stubbs si era arruolato nella RAF non appena le voci sulla guerra erano diventate più concrete. Il giorno in cui se ne andò, Vera implorò sua madre per avere una delle piccole foto che si trovavano sul camino accanto all'orologio antico.

"Bada, però ci devi stare attenta," l'aveva avvertita sua madre.

Ed ora, tutte le sere prima di chiudere gli occhi, Vera baciava la fotografia di suo padre. Nella foto Matthew Stubbs sorrideva direttamente alla macchinetta fotografica. Una camicia a collo aperto, un maglione poggiato sulle spalle e una mano alzata con il segno del 'pollice in alto'. La foto aiutava Vera a ricordare il viso di suo padre, ma non aveva bisogno di aiuto per ricordare il suo profumo. Sapone da barba e mentine Everton. Non si stancava mai di ascoltare il racconto del giorno in cui era stata scattata la foto.

"L'Everton aveva appena vinto. Aveva segnato il gol della vittoria all'ultimo minuto. Sono tornato subito a casa dalla partita, mi sono tolto la cravatta e il maglione e tua madre ha usato la macchina fotografica che avevamo comprato solo la settimana prima. Era la prima foto che avesse mai scattato."

Matthew andava avanti raccontando a Vera minuto per minuto il gioco. Vera ascoltava, capendo molto poco, ma constatando la gioia che era nella voce di suo padre mentre descriveva i 'passaggi eleganti', i 'contrasti intelligenti' e infine il gol della vittoria. "Fu un capolavoro. Dixie Dean è indubbiamente il più grande marcatore di goal che il gioco abbia mai conosciuto," aveva detto. "Il portiere non ha avuto scelta."

E, come per onorare la sua squadra, ogni sabato Matthew portava Vera al negozio all'angolo, dandole i soldi per comprare le mentine dell'Everton per pochi centesimi. Poi scendevano a Bottle Alley, la passerella coperta sotto il lungomare e seduti su uno dei sedili di cemento, guardando il mare, Matthew scartava due mentine Everton, dandone una a Vera, prima di mettersene una in bocca. Gustavano i dolci in silenzio. Poi, una volta che non c'era più niente da succhiare o masticare, rimaneva solo il sapore della menta fresca, Matthew raccontava la storia di come erano nate le mentine Everton e perché erano arrivate ad avere le strisce bianche e nere.

"Fu tutto merito della vecchia madre Noblett e del suo negozio di dolci. I tifosi dell'Everton passavano davanti al suo negozio mentre andavano alla partita; quindi, lei pensò che se avesse fatto un dolce e lo avesse chiamato in onore della squadra dell'Everton, avrebbe avuto molti clienti per questo."

"Perché bianco e nero?"

"Perché quello era il colore delle strisce della divisa da calcio della squadra."

"Perché si chiama striscia?"

C'erano così tante cose che Vera non capiva della storia. In effetti, la maggior parte dei racconti di suo padre la lasciavano con degli interrogativi. Ma la gioia era nell'ascoltare e nel guardare i suoi occhi illuminarsi e le sue mani agitarsi mentre descriveva i momenti che gli avevano dato un tale piacere. Le raccontò quando allo zio Bill fu proposto di provare per la squadra di calcio dell'Everton. Era strano però perché lo zio Bill non ne aveva mai fatto menzione, né lo aveva fatto la zia Doris. Quindi forse non era successo affatto. Non importava.

Vera si era fatta una promessa. Anche se, proprio quel giorno avessero smesso di razionare le caramelle, lei non si sarebbe seduta sulla loro panchina preferita o non si sarebbe goduta neanche una sola mentina Everton fino a che suo padre non fosse seduto di nuovo accanto a lei.

Nei giorni successivi c'era una lista di lavori da fare. Il signor Tester venne con il suo metro e alla finestra della camera da letto di Enid fu rimessa la cornice. Prima di allora, Vera ed Enid avevano aiutato la madre a sgomberare le macerie, disfare il letto e svuotare i cassetti. Ogni capo di abbigliamento, ogni pezzo di biancheria da letto, doveva essere prima risciacquato e poi lavato. C'era una lista d'attesa di capi per lo stendibiancheria che si estendeva lungo il retro del giardino. Non appena un carico era asciutto, il successivo doveva essere steso. Annabelle aveva detto alle sue figlie che le sue preghiere per un bel tempo erano state esaudite. Il problema più grande era per le coperte. Si poteva appenderle sul filo doppie e batterle con la scopa per far uscire quanta più polvere. Due vicini aiutarono a trascinare fuori il materasso e Vera vide sua madre che prima lo pulì con la scopa e poi di nuovo con una spazzola a mano. Sembrava avere poco senso che ogni cosa dovesse essere sbattuta per far uscire fuori nuvole di polvere che ricadevano sull'altra biancheria già pulita. Un ciclo incessante di tentativi di arrangiarsi, ripetuto in molte delle case e nei giardini lungo Rye Road.

Di tanto in tanto i residenti si fermavano dalle loro faccende, riunendosi in piccoli gruppi per concordare quanto fossero stati fortunati, come sarebbe potuto accadere molto, molto peggio. Almeno nessuno era rimasto ferito o morto. Questa volta. C'erano già abbastanza notizie di morti tra i loro uomini che erano partiti per combattere, molti per non tornare mai più.

Quattro giorni dopo l'esplosione della bomba, l'operazione di bonifica era stata completata. Sembrava che non ci fosse alcuna intenzione di mettere un nuovo vetro alla finestra della camera da letto di Enid. Un fatto che infastidiva Vera a tal punto che non poteva trattenersi.

Erano a colazione. Era il primo giorno del nuovo anno scolastico, anche se ricominciare di venerdì sembrava una cosa strana a Vera. Un solo giorno, e poi il fine settimana. In ogni caso, era entusiasta di rivedere la sua insegnante. Aveva scritto un rapporto sui recenti eventi nel suo quaderno e sperava che la signora Cartwright lo leggesse, le avrebbe assegnato una stella d'oro. I complimenti di essere la prima della classe per la lettura e scrittura erano la cosa a cui Vera desiderava arrivare. Suo padre ne sarebbe stato orgoglioso. Anche sua madre, ma era difficile esserne sicura. Ma non era facile scrivere storie davvero belle quando dormiva sul pavimento della sua camera, perché sua sorella dormiva ancora nel suo letto.

"Quando tornerà nella sua camera da letto Enid?" Vera posa la domanda allungando il braccio sul tavolo per prendere l'ultima fetta di pane, quasi facendo cadere la lattiera.

"Quanti pezzi ne hai già mangiati?" chiese Annabelle prendendo il pane dalla mano di Vera e rimettendolo sul tagliere. "Dovresti chiedere a tutti gli altri prima di prendere l'ultimo pezzo. Sono le buone maniere, Vera. Ricordati di fare attenzione alle tue maniere."

"Quale è la risposta, mamma?"

"La risposta a cosa? Vera, tu e le tue domande mi fanno girare la testa. Ora lavati le mani ed il viso, lava i denti e prepara la cartella. Enid ti accompagnerà a scuola questa mattina."

Annabelle sparecchiò rimettendo l'ultima fetta di pane nell'apposito cestino. Il pane non era stato consumato, e la domanda di Vera era rimasta senza risposta.

Nel primo giorno di scuola, la signora Cartwright fu impegnatissima nell'organizzazione e gli aggiornamenti, che non ebbe il tempo di leggere la storia di Vera durante la giornata scolastica.

"La porterò a casa stasera e la leggerò. Che ne pensi?" disse la signora Cartwright, in risposta ai ripetuti tentativi di Vera di infilarle in mano il quaderno.

Alle tre e mezza suonò la campanella della scuola, per la fine delle lezioni. Jessica si era tenuta lontana da Vera per tutta la pausa del pranzo e della ricreazione. Sembrava fosse ancora arrabbiata perché le aveva dato della ladra. Bene, non c'era niente che Vera potesse fare al riguardo in quel momento, quindi senza guardarsi indietro, non appena la signora Cartwright suonò il campanello, Vera corse fuori. Il suo sguardo scrutò i volti delle madri in piedi ai margini del parco giochi. Vera voleva dire a sua madre che la signora Cartwright stava trattando la storia della bomba con particolare attenzione. Se la stava portando a casa. Non aveva mai portato altre storie a casa. Almeno così sembrava. Ma Annabelle Stubbs era chiaramente in ritardo. Vera si spostò in un angolo del parco giochi, guardando le sue amiche andarsene. Passarono cinque o dieci minuti. Vera non aveva un orologio, quindi non poteva esserne sicura, ma sembrava un'eternità. Lei pensò a una lista di possibilità. Non c'erano state incursioni aeree durante il giorno, quindi sua madre non poteva essere stata colpita in una esplosione. Forse aveva cercato di risistemare i mobili nella camera di Enid ed era caduta e si era fatta male alla schiena. Annabelle era caduta una volta e dopo Vera la vedeva spesso massaggiarsi la parte bassa della schiena. Sentì la parola 'lombalgia'. La cercò sul dizionario di scuola.

"Sei ancora qui, Vera? Non viene di solito tua madre a prenderti?" La signora Cartwright si fermò di fronte a Vera, chinandosi leggermente per catturare l'attenzione della ragazza.

E poi si sentì un grido.

"Vera. Eccoti qui." La zia Doris attraversò il parco giochi, prendendo la mano di Vera un po' troppo bruscamente, facendo allontanare la bambina.

"Dov'è mamma?" Vera rivolse la domanda più alla signora Cartwright che a sua zia.

"Tu ed Enid verrete a stare con me per un po'. Non sarà bello?" A Vera sembrò che la zia Doris stesse convincendo più sé stessa che la nipote.

"Vedi, Vera. C'è una sorpresa per te. Vai. Ci vediamo lunedì." La signora Cartwright si voltò e, senza esitazione, tornò nella scuola.

Vera seguì sua zia, iniziò a rompere il silenzio chiedendo, "Perché mamma non è qui?"

"Tu devi venire a stare con me, nella mia casa. Sarà come una vacanza per te e tua sorella."

"Perché?"

"Non fare la difficile, Vera."

"Mamma è caduta di nuovo?"

"Caduta? No assolutamente. Tu sei buffa, sempre a fare domande. Tua madre è andata a trovare tuo padre, questo è tutto.

Non te lo ha voluto dire prima perché sapeva che avresti fatto delle storie."

"Anche io voglio vedere papà. Perché non ha portato anche noi?"

"Tuo padre sta facendo cose pericolose. Fa volare aerei in battaglia e ogni sorta di cose. Non può preoccuparsi anche per voi adesso, non credi? Non quando c'è una guerra da combattere."

A Vera sembrava che ogni risposta portasse a più domande. Un ciclo senza fine e una sfida senza fine, cercando di cogliere le intenzioni degli adulti intorno a lei. Aveva imparato che gli adulti si stancavano presto delle sue domande e invece di fornire risposte inutili, non fornivano alcuna risposta.

Doris Frith viveva a tre strade dalla casa di Vera. Lei e suo marito, Bill, si erano trasferiti in un cottage con due camere da letto quando si erano appena sposati, l'anno prima che nascesse Vera. Vera ed Enid c'erano state una manciata di volte, e dopo la loro ultima visita, Vera aveva scritto sul suo diario. 'La casa di zia Doris è inospitale e fredda.' Nessuno leggeva il suo diario, almeno sperava che non lo facessero, perché pensava che sua madre si sarebbe arrabbiata per alcune delle cose che Vera aveva scritto di sua zia Doris.

Non era solo che nella casa ci fosse un freddo umido, c'era anche uno strano odore. Vera ne sentì di nuovo l'odore mentre Doris girava la chiave della porta d'ingresso e si metteva da parte, indicando a Vera di salire sullo zerbino.

"Fermati lì e togliti le scarpe. La tua cartella può andare qui, guarda." Doris indicò un attaccapanni che aveva due ganci, uno troppo alto per essere raggiunto da Vera, un altro più basso ma ancora troppo in alto. Vera appese la cinghia della cartella al gancio inferiore, poi si chinò per slegarsi i lacci delle scarpe.

"Se vuoi puoi appendere anche il tuo maglione."

"No. Voglio dire no, grazie, zia."

"Vieni ad aiutarmi a preparare il tè."

L'odore era più forte in cucina, ricordava a Vera la candeggina e lo smalto a cera. Le stava facendo venire la nausea.

"E Enid?"

"Tua sorella finisce il lavoro alle cinque e mezza. Lo sai."

"Come farà a sapere dove deve andare?"
"Tua madre le ha detto il piano. Sa di dover venire qui."
"Perché?"
"Eccoti di nuovo con lo tue domande."
"Perché lo ha detto a Enid e non a me?"
Non arrivò nessuna risposta. Vera avrebbe dovuto aspettare il ritorno di sua sorella perché ci fossero risposte alle sue domande.

TRE

Come era prevedibile, non ci fu tempo per interrogare Enid quando tornò dal negozio. A entrambe le ragazze furono assegnati dei compiti. Dovevano lavarsi le mani e il viso, apparecchiare la tavola, mettere le loro poche cose nella cassettiera della camera degli ospiti. Enid era arrivata con la borsa della spesa con gli spazzolini da denti per entrambe, i pigiami, un cambio di biancheria intima, calzini e l'orsacchiotto preferito di Vera, dal quale ancora non si separava, nonostante le fosse stato detto che all'età di dieci anni era troppo grande per queste cose.

Dovevano condividere un letto matrimoniale. Vera tirò fuori l'orso dalla borsa e lo mise tra i due cuscini, poi lo sollevò di nuovo, avvolgendolo nella giacca del suo pigiama e adagiandolo sul lato sinistro del letto.

"Dormirai vicino alla finestra?" disse Vera alla sorella.

"Hai paura che esploda un'altra bomba, vero? Beh, non aver paura. Sai cosa si dice dei fulmini?"

L'espressione sul viso di Vera confermò a Enid che aveva detto la cosa sbagliata.

"Quanto tempo dovremo restare qui?" Vera parlò a voce bassa, ma non era proprio un sussurro.

In quel momento la zia le chiamò per andare in sala da pranzo. "Non vi trastullate lassù. Ho fatto delle torte. Ed è meglio mangiarli tiepidi."

L'ultima volta che Enid e Vera erano andate a trovare la zia, lo zio Bill si era seduto a capotavola e aveva dimostrato che gli piaceva il tè con tre cucchiaini di zucchero. Vera non riusciva a ricordare molto altro su di lui, a parte la sua risata gutturale e le guance paffute, un affascinante mix di macchie rosse, attraversate da sottili linee blu.

Doris, dopo averne preso uno, passò il piatto dei brutti ma buoni a Enid. Enid ne prese due, ne tagliò uno a metà e lo fece scivolare nel piatto di Vera. Si sbriciolò in più pezzi, le briciole si sparsero sulla tovaglia. Doris emise uno sbuffo come se fosse irritata, o per come erano venuti i dolci, o per il pasticcio che le ragazze stavano facendo sulla tovaglia inamidata.

"Noi non abbiamo più esercitazioni antincendio," disse Vera, leccandosi le dita prima di provare a raccogliere alcune briciole di dolce. "A scuola. Le avevamo tutti i venerdì, ma ora abbiamo le esercitazioni antiaeree. Dobbiamo tutti fingere che stia suonando la sirena e seguiamo la signora Cartwright nel rifugio. Se qualcuno scappa, viene sgridato."

"Sì, bene," disse Doris.

"E hanno portato via le ringhiere dal parco giochi. Alcuni uomini sono venuti con un grosso camion alla fine dell'ultimo trimestre e le hanno divelte dalla terra. La signora Cartwright ci ha detto di stare lontano dalle finestre quando abbiamo cercato di guardare."

"Fa tutto parte dello sforzo bellico," disse Doris.

"A cosa servono le nostre ringhiere per i soldati? Ci costruiranno delle barricate per tenere lontano i tedeschi?"

"Loro le sciolgono," disse Enid.

"Lo zio Bill è con papà?" chiese Vera "Stanno entrambi sparando alle persone?"

"Tuo zio è un soldato. Tuo padre un pilota. Ma non parliamo più di combattimenti. Ora mangia, ci sono delle faccende da sbrigare quando hai finito."

Più tardi, quando le stoviglie del tè erano state lavate ed asciugate, Vera ed Enid avevano imparato quali armadietti contenevano le stoviglie e come impilare i piatti in ordine di dimensione.

"È meglio avere un sistema," aveva detto Doris. "In questo modo ci assicuriamo che nulla venga scheggiato. Non mi piace usare i piatti scheggiati."

Vera pensò alle stoviglie di casa, a come sapesse sempre quale era il suo piatto a causa dei due pezzi scheggiati uno accanto all'altro. A pensarci bene ora, sembrava che quel piatto le mancasse più di ogni altra cosa.

Passarono la serata nel salotto. Doris tirò fuori un piccolo cesto di vimini da dietro la sua poltrona.

"I nostri soldati hanno bisogno di calzini," disse, muovendo i ferri da calza in modo tale che Vera immaginava che gli aghi fossero coltelli o pistole, pronti a pugnalare o sparare al nemico.

"Vera, scegli un libro dallo scaffale laggiù e leggicelo ad alta voce," disse Doris, senza alzare lo sguardo dal suo lavoro a maglia.

Le sorelle si scambiarono uno sguardo di traverso. L'unica volta che Vera aveva dovuto leggere ad alta voce era stato in classe. A casa leggeva da sola a letto, mentre a Enid piaceva sfogliare le riviste.

"Devo?" chiese Vera, andando verso la libreria per appurare se c'era qualcosa che potesse intrattenere tre persone di gusti diversi.

"Cosa ne pensi di questo?" Doris tirò fuori un piccolo libro con la copertina rigida, porgendolo a Vera. "Era uno dei preferiti di tua madre e mio quando avevamo la tua età."

Vera fissò il titolo del libro. Il giardino segreto. Lei cercò di immaginare sua madre e zia Doris sedute insieme, mentre il padre o la madre gli leggevano il libro. Si rese conto che non riusciva ad immaginarle.

Vera aprì il libro al primo capitolo e iniziò a leggere. Per tutto il tempo che leggeva, i movimenti ripetitivi della zia la distraevano. Ogni volta che Doris raggiungeva la fine di un ferro, posava la mano sui capelli, che portava lunghi e sciolti.

"Cosa stai fissando, Vera? Perché hai smesso di leggere?" disse Doris.

"Perché mamma indossa sempre una sciarpa sulla testa?"

"Come faccio a saperlo?"

"Perché tu non indossi una sciarpa, zia?"

"Qualcuno mi ha detto di recente che i miei capelli sono come velluto nero." Sembrò che Doris fosse caduta in una fantasticheria, accarezzandosi i capelli e fissando le braci del fuoco.

Solo quando entrambe le ragazze ridacchiarono ritornò alla realtà.

"Quanti anni aveva la mamma quando leggevate insieme?" chiese Vera.

"Che importanza ha?" Doris buttò i ferri a terra, e questi si posarono con un tintinnio sul bordo del focolare. "Fareste meglio ad andare a letto insieme stasera."

"Ma non è ancora ora per me," disse Enid.

"Ricordatevi di lavarvi i denti. Potete spogliarvi quaggiù accanto al fuoco se volete." Doris si alzò e quando vide che nessuna delle ragazze si stava muovendo, batté le mani. "Forza, forza facciamo in fretta, vero? E se vi comportate bene, allora domani mattina potremo avere pane e olio. Accenderemo il fuoco presto e lo tosteremo direttamente qui."

Enid si diresse al bagno, seguita da Vera. Una volta chiusa la porta, Vera si mise di fronte allo specchio e tirò fuori la lingua. "Non mi piace zia Doris. Non ci credo che sia veramente la sorella di mamma e non mi piace neanche il pane tostato con l'olio."

"Ssh, Vera, ti può sentire. Potrebbe essere dietro alla porta."

"Bene, io non resterò qui. Andrò a casa e aspetterò che mamma ritorni."

"Non essere sciocca, non puoi vivere in casa da sola. Inoltre, non pensi a me? Non puoi lasciarmi qui con il drago."

Vera iniziò a ridacchiare prima di mettersi le mani sulla bocca, il che fece ridere ancora di più sua sorella.

"Perché la mamma è andata via?" chiese Vera quando le risatine si furono placate. "Zia Doris ha detto che con te ne aveva parlato."

Enid scrollò le spalle. "Lei mi ha solo detto che andava a trovare papà."

"Ma per quanto tempo? Quando tornerà?"

"Lei ci ha scritto una lettera. Te la leggerò più tardi."

Doris interruppe la conversazione bussando alla porta. "Avete finito là dentro? Spero che non abbiate fatto disordine."

Senza aspettare una risposta, Doris aprì la porta e sospinse entrambe le ragazze in camera da letto. "Ora prendete le vostre cose per la notte e scendete nel salotto per cambiarvi."

Dieci minuti dopo, corsero di nuovo in camera da letto, dopo le istruzioni della zia di piegare i vestiti in modo ordinato e l'avviso che dovevano essere pronte presto la mattina dopo.

Vera tirò indietro la coperta e scivolò nel letto, ma rapidamente saltò fuori di nuovo.

"E adesso che c'è? Non è che hai trovato un ragno là dentro, vero?"

"È gelato. La mamma ci mette sempre un mattone per scaldarlo."

"Si, bene, ora non siamo a casa, quindi dovremo farci l'abitudine. Rimettiti i calzini, così almeno non mi toccherai con le tue dita ghiacciate."

"Mi fai vedere la lettera che mamma ci ha scritto?"

Enid prese un foglio da lettera dalla tasca della sua camicetta, ripiegandola di nuovo sulla pila dei suoi vestiti.

"Te la leggo."

'Carissime Enid e Vera

Sto andando via per un po' per andare a trovare vostro padre. Lui ha avuto un piccolo congedo ma al momento non può tornare da noi. Così io devo andare da lui.

Per favore, siate brave con zia Doris. Vi amo tanto entrambe.

La vostra mamma.'

"Lei non dice quando ritorna." Disse Vera, con il labbro inferiore che tremava, nonostante i suoi tentativi di controllarlo.

"Beh, forse non lo sa."

"Credi che sia andata via per sempre? Gli adulti non sempre dicono la verità, sai."

"Tu pensi sempre al peggio. Guarda, tornerà in men che non si dica."

"Zia Doris dovrà adottarci se mamma non ritorna? O dovremmo vivere in Canada? Alla mia amica di scuola Sarah Sharp, sono morti entrambi i genitori, e lei è stata mandata in Canada. Ho sentito la signora Cartwright che parlava di questo. Io non voglio andare in Canada."

Vera si accoccolò vicino a sua sorella, premendo la testa contro la spalla di Enid.

"Non mi piace stare qui."

"Ssh ora. Chiudi gli occhi e cerca di dormire."

Ma per entrambe le sorelle, il sonno non arrivò facilmente. Passi sulle scale e il rumore di una porta che si apriva suggerivano qualcosa che valesse la pena di indagare.

"Non può essere zia Doris che viene già a letto, vero?" Vera chiesa alla sorella. "Fai molto silenzio. Vado a dare un'occhiata." Vera si infilò le pantofole, sgattaiolò fuori dalla stanza e andò lungo il corridoio, trattenendo il respiro per paura di essere scoperta.

La camera da letto di Doris era un po' più avanti in fondo al corridoio, di fronte al bagno. Almeno se Vera veniva scoperta, avrebbe potuto fingere di andare in bagno. La porta della zia era aperta, e Vera poteva vedere chiaramente Doris seduta davanti allo specchio della toeletta che si spazzolava i capelli. Vera osservò mentre Doris sollevava la spazzola con il dorso argentato sulla sommità della testa, tirandola con decisione verso il basso sulle folte ciocche, ripetendo l'azione più e più volte. Dopo alcuni minuti Doris posò la spazzola ed aprì un cassettino da un lato della toeletta. Vera rimase paralizzata mentre sua zia si strofinava le labbra con quello che sembrava succo di barbabietola, avvicinando il viso allo specchio, increspando le labbra in un broncio. Doris si pizzicò le guance, facendole arrossire di un rosso fuoco. Poi Vera avvertì un irrefrenabile bisogno di starnutire. Stringendosi la mano sul naso e sulla bocca, tornò nella sua camera da letto e trovò Enid seduta sul letto, in attesa di un rapporto completo.

"Si sta agghindando," disse Vera. "Non sembra proprio che stia andando a letto." Forse ora era il momento di dire a Enid quello che sapeva, di sua zia che baciava uno sconosciuto. "La zia Doris ci lascia da sole? E se ci fosse un raid aereo?"

Enid scrollò le spalle, andando verso la finestra. "Possiamo vedere se esce. Vieni a guardare con me, spegni la luce mentre apro le tende oscuranti. Se le guardie vedono anche solo uno spiraglio di luce, povere noi."

Le rigide disposizioni che regolavano l'oscuramento e il coprifuoco notturno facevano si che solo raramente poche persone si avventurassero per le strade di notte senza un motivo giustificabile. Il chiarore della luna illuminava a chiazze la strada sottostante. Le ragazze osservarono per diversi momenti. Vera afferrò la mano di Enid.

"Guarda, laggiù." Vera indicò verso l'angolo della strada, circa sei case più in là. "Ho appena visto qualcosa muoversi."

"Qualcosa o qualcuno?"

"C'è qualcuno che sta venendo su per la strada. Enid, è un uomo, si sta dirigendo verso la casa."

La voce di Vera non era più un sussurro.

Poi successe di tutto. Un tintinnio alla maniglia della porta d'ingresso, i passi di Doris che correva al piano di sotto, con le due ragazze che la seguivano da vicino. Vera vide sua zia prendere l'attizzatoio prima di far scivolare indietro lentamente la catena della porta d'ingresso.

"Chi è?" urlò Doris. "Fatti riconoscere subito."

"Forse è un nazista che è venuto ad ucciderci nei nostri letti." Vera offriva la soluzione a chiunque le stesse prestando attenzione. Ma né Doris né Enid stavano ascoltando Vera, entrambe erano intente a sentire la risposta dello sconosciuto in piedi sulla soglia d'ingresso.

"Doris, sono io - Bill. Fammi entrare, vuoi?" Lo zio Bill era arrivato a casa senza preavviso. Questa volta non era solo Vera ad avere domande da fare.

QUATTRO

Il mattino dopo non c'era pane tostato e olio, e lo zio Bill sembrava aver perso la sua risata cordiale. Il viso di Doris sembrava pallido rispetto alla sera prima. I suoi capelli erano tirati indietro e attorcigliati in una crocchia, con un sacco di fermagli per capelli che li tenevano in posizione. Vera avrebbe voluto chiedere a zio Bill se preferiva i capelli di sua moglie lunghi e sciolti, come 'velluto vero' o se invece lei li aveva appuntati su sua richiesta. Ma l'espressione imbronciata di Bill la dissuase da fare qualsiasi domanda.

Non era stato necessario chiedere alle ragazze di sgombrare le cose della colazione. Stare da sole in cucina a lavare, asciugare e riporre era preferibile che stare sedute in silenzio intorno al tavolo da pranzo.

"Non sembrano molto contenti di essersi rivisti," Vera sussurrò alla sorella, dopo che la porta della cucina fu ben chiusa.

"Forse lui è arrabbiato perché lo ha quasi colpito con l'attizzatoio."

Vera rise ricordandosi l'espressione di sua zia la sera prima, quando suo marito era entrato nel corridoio.

"Se non sapeva che sarebbe tornato a casa, perché si stava agghindando?" chiese Enid.

Vera avrebbe potuto dare la risposta, ma invece scrollò le spalle. "Forse stava facendo le prove."

Pochi minuti dopo zia Doris era sulla porta della cucina e stava dandogli un pezzo di carta.

"Ho una commissione per voi due. Portate questo biglietto al signor Kirby all'edicola. Chiedetegli di metterlo nella sua vetrina. Sono stufa e stanca di trovare escrementi di topi nella dispensa. Un gatto li farebbe sparire subito. Una volta che avete finito, andate dal fruttivendolo. Ho sentito che ha preso una cassa di arance. Vedete se potete prendere due o tre. Ecco i soldi, ma state attente a riportare il resto."

Per tutta la breve passeggiata fino dal giornalaio, Vera procedeva saltellando. Si ricordò che non giocava a campana con Jessica da giorni. Avrebbe potuto trovare una scusa, offrirsi di fare compere per sua zia e incontrarsi con Jessica. Ma poi sarebbe dovuta andare a casa di Jessica, la madre avrebbe scoperto cosa stavano combinando e l'intero piano sarebbe stato rovinato ancora prima di iniziare. Tuttavia, se zia Doris non sapeva che Sandy Close era vietata c'era ancora una possibilità che Vera potesse andarci senza essere rimproverata.

Vera aveva due teorie sul perché quel posto era vietato. Poteva essere che qualcuno di pericoloso viveva nella Roebuck House, la vecchia casa in fondo alla strada, forse un rapinatore di banche, o persino un assassino. Aveva letto di queste cose sul giornale di suo padre. L'altra possibilità, ed era quella che Vera preferiva, era che Roebuck House fosse infestata dai fantasmi. Forse in una delle stanze era avvenuto un omicidio e lo spirito della vittima era destinato a non lasciare mai il luogo.

Assorbita da questi pensieri Vera intruppò sua sorella, che si era fermata fuori dall'edicola e stava indicando la locandina che mostrava il titolo della giornata.

'La RAF subisce perdite nel nord della Francia.'

Vera lesse le parole ad alta voce, ripetendole lentamente, la voce aumentava di volume fino a strillare l'ultima parola.

"Papà," disse.

"Non lo sappiamo," disse Enid, tenendo la sorella per le spalle, girandola dolcemente dall'altra parte in modo che non fosse più di fronte alla locandina. Vera si divincolò dalla presa di sua sorella e prese un giornale dalla pila accanto alla locandina. Prima che avesse la possibilità di aprire il foglio per leggere l'articolo, il signor Kirby uscì dal negozio.

"Devi avere i soldi per quel giornale prima che tu inizi a leggerlo, ragazza." Tese la mano aspettando.

"Abbiamo solo i soldi per le arance."

"Allora faresti meglio a rimetterlo dove lo hai trovato e spera di non averlo spiegazzato troppo." Aveva le mani sui fianchi e il suo sguardo andava da Vera a Enid e ritorno.

"Però devo leggerlo," insistette Vera. "Potrebbe riguardare mio padre. È un pilota della RAF."

"Faresti bene a tornare con un po' di soldi allora, d'accordo?"

Era una situazione di stallo che non poteva essere risolta. Vera venne trascinata via da Enid per il braccio.

"Andiamo, faremo meglio a metterci in fila per le arance, o saranno finite."

Per i quarantacinque minuti che le sorelle stettero in fila dal fruttivendolo, Vera non voleva tralasciare quella notizia. Ogni possibilità doveva essere selezionata ogni paura esplorata.

"Se papà è morto e mamma è troppo triste per tornare a casa, noi potremmo ancora andare a vivere in Canada, come Sarah Sharp," disse Vera.

"Stai facendo due più due e arrivi a sette."

"Che significa?"

"Che stai saltando alle conclusioni. Noi non sappiamo nemmeno se quel giorno papà era in volo. Lui e mamma probabilmente si stanno divertendo, mangiando un sacchetto di patatine sul lungomare di Brighton."

"Ma se non fosse così?"

"Adesso basta, Vera. Vuoi smettere per favore?"

Erano arrivate in testa alla fila. Il fruttivendolo stava scuotendo la testa. "Se siete qui per le arance, ho appena venduto le ultime."

"Ora siamo proprio nei guai. Saremmo dovute venire qui prima. Ci vorrà del fegato per affrontare la zia Doris." Enid prese la mano della sorella e la trascinò per la strada verso casa, o almeno il posto che avrebbero dovuto chiamare casa per il momento. Con il razionamento della benzina in vigore c'erano così poche auto sulla strada, che non c'era bisogno di guardare in entrambe le direzioni prima di attraversare. Improvvisamente, dal nulla, una moto svoltò l'angolo, dirigendosi dritta verso le sorelle.

"Attente." Una voce di uomo urlò sopra il rumore gutturale del motore.

Enid afferrò Vera e insieme caddero sull'altro lato della strada, la motocicletta frenò stridendo a pochi metri di distanza. Il motociclista si avvicinò togliendosi il casco, e la sciarpa che aveva avvolta intorno alla bocca, rivelando i suoi lineamenti bruni. Sopracciglia folte, barba folta e lunghe basette e pelle abbronzata, che gli davano l'aspetto di uno straniero.

"Dovreste stare attente. Avrei potuto uccidervi."

"Tu dovresti stare attento," disse Vera.

"Attenta alle buone maniere, ragazzina. Nessuno ti ha insegnato a portare rispetto per le persone più grandi?"

"Mi dispiace molto, signore," disse Enid. "Andiamo, Vera, dobbiamo andare."

"È meglio che le dai ascolto" disse l'uomo, indicando con il dito Vera.

Ora erano in piedi, Vera intenta ad ispezionare i danni inflitti dalla caduta. Un ginocchio sbucciato che sanguinava un po', fango sulla gonna e quello che sembrava olio di motore sulla parte superiore di uno dei suoi calzini.

"È lui quello che dovrebbe scusarsi," disse Vera, una volta che furono fuori dalla portata d'orecchio. Aprì la bocca di nuovo, pronta a raccontare a sua sorella tutta la storia, di quello che aveva visto succedere pochi giorni prima tra sua zia e quest'uomo. Era uno scandalo. Sembrava quasi sicuramente che questo sconosciuto fosse l'amante di sua zia. Non c'era da stupirsi che lo zio Bill fosse stato così scontroso la mattina.

Ma indovinava quello che avrebbe detto sua sorella. Enid avrebbe detto a Vera che se lo stava immaginando, o che stava inventando storie, tutto perché Vera non voleva stare a casa di zia Doris. No, il segreto doveva rimanere un segreto finché non avesse raccolto altre prove.

Una volta tornate a casa della zia, non c'era un ordine sensato per le spiegazioni offerte da Enid di fronte a una raffica di domande. I suoi tentativi di spiegare perché i loro vestiti erano così in disordine, perché erano tornate senza arance e perché il ginocchio di Vera sanguinava, caddero in un guazzabuglio di parole. Interrogata circa l'avviso 'cercasi gatto' che doveva essere dato al giornalaio, tutto quello che Enid poté fare, restituire il pezzo di carta alla zia scusandosi.

"Ci siamo dimenticate," rispose.

"Come avete fatto a dimenticarvene? Siete uscite per fare due cose e non siete riuscite a farne nessuna delle due." La voce di Doris saliva di tono man mano che diventava più irritata.

"Perché papà può essere morto," disse Vera. Era la prima cosa che diceva per contribuire alla conversazione e la sua dichiarazione rimase sospesa nell'aria mentre Doris guardava prima Enid e poi Vera.

"Non ho mai conosciuto una bambina così," disse Doris alzando le mani in aria. "Un'ossessione per la morte, ecco cosa ha. Ed è malsana se lo vuoi sapere. Ora andate entrambe di sopra, cambiatevi quei vestiti sporchi, lavate via la sabbia e il sangue da quel ginocchio, e Vera fai attenzione a non macchiare di sangue i miei asciugamani."

La mente di Vera stava elaborando che non c'era nient'altro da fare. Non poteva stare un momento di più in casa di sua zia, ma non poteva svelare il piano a sua sorella perché Enid certamente l'avrebbe fermata.

Vera cercò di convincere sua zia che era abbastanza grande e responsabile per tornare dal giornalaio da sola per mettere l'annuncio per il gatto.

"Vai dritta là e ritorna subito, mi raccomando," l'ammonì sua zia.

"Dovrei andare con lei, zia," disse Enid, ma le era stato affidato il compito di lavare i vestiti sporchi di fango e grasso.

"Ha dieci anni. È abbastanza grande per fare commissioni da sola."

Vera non portò niente con sé. Victoria Lodge sarebbe stata la sua base mentre raccoglieva tutte le prove di cui aveva bisogno. C'erano molte cose da scoprire. La prima stabilire la verità su suo padre. Sua madre doveva aver sentito delle vittime della RAF ed era andata di persona per vedere se suo marito fosse tra quelli. Poi c'era da scoprire tutto sull'uomo in motocicletta. L'avrebbe tenuto d'occhio forse anche seguito.

La chiave di riserva di Victoria Lodge era al suo solito posto, sotto il vaso di fiori sul gradino d'ingresso. Aprendo la porta ed entrando l'ambiente era freddo e inospitale. Le tende tirate chiudevano fuori un qualsiasi barlume di luce. Dovevano rimanere chiuse se Vera voleva restare nascosta.

Veramente avrebbe voluto ritornare all'edicola per comprare il giornale in modo di poter leggere l'articolo in prima pagina che riguardava l'aereo della RAF. Ma non aveva avuto l'opportunità di prendere i soldi di cui aveva bisogno per poterlo fare. Sua zia non si era fidata abbastanza di lei da darle i soldi per l'annuncio, le aveva detto di spiegare al signor Kirby che la signora Frith sarebbe passata da lui per pagare prima della fine della settimana.

La migliore linea di azione per Vera era quella di andare a prendere dei soldi dalla scatola del tè Brooke Bond che era in fondo all'armadio sotto il lavello. Aveva visto sua madre mettere lì i soldi abbastanza spesso. Avrebbe potuto prelevare qualche soldo dalla scatola e andare ad acquistare il giornale più tardi, anche se sarebbe stato rischioso nel caso che la zia Doris avesse inviato qualcuno a cercarla.

Il pensiero di poliziotti in uniforme che la cercavano dava a Vera una strana sensazione, come se fosse al centro di una storia avventurosa. E quando era eccitata aveva bisogno di mangiare. Si sarebbe preparata un panino e poi avrebbe fatto un piano.

Aprì la porta della dispensa, esaminando il contenuto degli scaffali. Una confezione di carne in scatola, un sacchetto di farina, dei vasetti di lenticchie e orzo perlato. Sotto c'era una borraccia per il caffè, un pacchetto di uova essiccate, e un grande barattolo di sale. A parte la carne in scatola non c'era niente che potesse allontanare i morsi della fame, che la distraevano dal concentrarsi su qualsiasi cosa al di là del cibo.

Prese la carne in scatola dallo scaffale, tornando in cucina, prese la piccola chiave di lato alla lattina. Aveva visto sua madre aprire una scatola di carne in molte occasioni, ma non le era mai stato permesso di provarci da sola. C'era un sistema per farlo ne era certa. Aprendo la piccola levetta di metallo ci avvolse sopra la chiave, provando prima in una direzione e poi girando la chiave di 180 gradi. Un altro paio di mani era ciò di cui avrebbe avuto davvero bisogno, ma era piena di grinta e determinazione. Concentrandosi per spingere nelle sue dita quanta più forza poteva raccogliere, fece girare una vola la chiave.

"Evviva." Nonostante non ci fosse nessuno intorno a sentirla, non poté fare a meno di esclamare il suo piacere.

Era necessaria una forza costante mentre continuava, la sottile fascia di metallo svolgendosi rivelava la carne in scatola, l'odore si diffondeva verso di lei, facendole venire l'acquolina in bocca. Era arrivata alla fine. L'operazione aveva richiesto concentrazione, ma ora aveva bisogno di aprire la parte superiore della lattina, per scuotere il blocco di carne e metterlo nel piatto che aveva già preso dalla credenza. Ma non era stata abbastanza attenta. La sua mano andò contro l'affilato bordo d'acciaio. All'inizio non avvertì dolore, ma vide solo una sottile linea rossa di sangue che usciva dalla punta del pollice. Osservò per un secondo affascinata mentre il sangue gocciolava sul piatto. Era come se i suoi sensi avessero bisogno di tempo per realizzare, finché il dolore prese il sopravvento, partendo dal suo pollice verso il braccio e nella sua spalla. Un'esplosione infuocata di dolore che le bloccò i pensieri. Tutti i morsi della fame erano spariti in un istante.

L'ultima volta in cui si era fatta male aveva ritagliato le foto di personaggi famosi da una rivista di sua madre. La mamma si era arrabbiata con lei, e Vera non riusciva a capire se fosse perché il sangue era caduto sul divano, o perché aveva distrutto la rivista senza chiedere. In quell'occasione sua madre aveva preso la mano di Vera, tirandola verso la cucina, facendo scorrere l'acqua fredda sul taglio.

L'acqua era così gelata che dopo un po' non aveva sentito più il dolore; infatti, tutta la sua mano era insensibile.

Questa era la soluzione. Tenere la mano sotto l'acqua corrente avrebbe evitato il dolore, ma non appena chiuso il rubinetto il sangue apparse di nuovo in flusso costante. Forse c'erano dei cerotti da qualche parte, o una benda, ma come poteva applicarli quando una sola mano funzionava correttamente? Invece afferrò lo strofinaccio dal gancio accanto al fornello e lo avvolse il più stretto possibile attorno alla mano. Poi si sedette al tavolo della cucina e fissò il pollice coperto, aspettando che il sangue apparisse, facendo trasformare il bianco dello strofinaccio di lino irlandese in un rosa pallido e poi in un rosso scuro. Si chiese quanto sangue avrebbe dovuto perdere prima di svenire. Quanto tempo sarebbe passato prima che qualcuno la trovasse? Sua madre si sarebbe sentita in colpa per averla abbandonata? Sua zia Doris si sarebbe sentita in colpa per averla strillata?

Il dolore si placò un po', lasciando che la fame tornasse. Un panino con carne in scatola sarebbe stato perfetto, ma un panino aveva bisogno di pane e una sbirciatina dentro il cestino del pane confermò le sue paure. Era completamente vuoto, nemmeno una crosta secca. Sua madre doveva aver buttato via l'ultimo prima di andarsene. Vera fissò il pezzo di carne di manzo, che ora era schizzato del suo sangue. Poco appetitoso. Poteva tagliarne una fetta e mangiarla così senza pane. Ma c'era qualcos'altro che poteva riempire il vuoto. La scorta di biscotti che sua madre teneva nel magazzino di emergenza nell'armadio del sottoscala. Con la metà del pacchetto sgranocchiato e appena digerito, Vera si sistemò al tavolo della cucina per studiare la sua prossima mossa.

Non aveva molto tempo. Dopotutto, prendere i soldi dalla scatola del tè di Brooke Bond e tornare dal giornalaio era un pessimo piano. Poteva essere catturata, sua zia e sua sorella sarebbero venute a cercarla e l'edicola del signor Kirby sarebbe stato il primo posto a cui avrebbero pensato. Aveva bisogno di un piano migliore. Oltre tutto avrebbe dovuto chiedere aiuto. Scoprire la verità su suo padre, arrivare a capire il perché della scomparsa di sua madre, e risolvere il mistero di ogni possibile relazione tra 'l'uomo della moto' e sua zia Doris, era troppo da affrontare tutto da sola. Jessica Chandler. Era sicura che l'avrebbe aiutata. Aveva già mostrato a Vera che non le importava cosa pensasse di lei; dopotutto Jessica aveva rubato il gesso rosa e aveva scelto di disegnare la campana proprio nel punto in cui era stato detto loro di non giocare. Ma l'ultima volta che Vera aveva parlato con Jessica l'aveva accusata di essere una ladra. Non si erano lasciate come amiche. Vera doveva trovare un modo per farla tornare in gioco. E doveva farlo in fretta se voleva che tutto questo potesse andare a buon fine.

CINQUE

LA CABINA TELEFONICA ALL'ANGOLO tra South Street e Winchester Street era il nascondiglio perfetto per Vera mentre aspettava l'arrivo di Jessica. Non dovette aspettare a lungo. Con una chiara visuale del vicolo laterale che portava alla porta sul retro della casa di Jessica, vide uscire la sua amica, con un cesto di vimini su un braccio, che gridava a sua madre, "Non ci vorrà molto" mentre la porta si chiudeva dietro di lei.

Con lo strofinaccio ancora avvolto strettamente intorno alla sua mano, Vera afferrò il braccio di Jessica, proprio mentre passava davanti alla cabina del telefono.

"Vera, cosa ci fai qui?"

"Ho bisogno del tuo aiuto." Vera scelse di sussurrare, dando la necessaria furtività alla richiesta.

"Cosa è successo alla tua mano?"

Vera scrollò le spalle non dando peso alla domanda.

"Comunque," continuò Jessica. "Perché ti dovrei aiutare? L'ultima volta che ci siamo parlate mi hai dato della ladra."

"Mi dispiace per quello. Ma ho davvero bisogno del tuo aiuto. È molto complicato e non posso cavarmela da sola."

"Andiamo, seguimi." Non si scambiarono più parole finché le due ragazze non furono dietro l'angolo della casa di Jessica. Una pensilina dell'autobus gli fornì un posto utile per sedersi inosservate e parlare inascoltate.

"Mio padre potrebbe essere morto." Vera iniziò la conversazione.

"Tua madre ha ricevuto un telegramma?"

"Perché? È quello che fanno? È così che ti avvertono quando qualcuno è stato ucciso?"

"Vivienne Salter. È nella classe della signora Fawcett. Sua madre ha ricevuto un telegramma. Sono venuti a prendere Vivienne a scuola. Non è più tornata da allora."

Vera ripercorse la sequenza degli eventi. Sua madre era scomparsa senza dire una parola, con nient'altro che una breve conversazione con Enid e una lettera.

"La lettera diceva che tuo padre era morto?"

"No. Ha scritto che andava a trovarlo. Ma tutti sanno che gli adulti mentono."

"Non sono sicura che sia una bugia se serve per impedire a qualcuno di preoccuparsi."

"Cosa c'è allora?"

"Comunque, perché vuoi il mio aiuto? Mi dispiace veramente se tuo padre è morto, ma non c'è molto che io possa fare al riguardo."

"Siamo dovute andare a vivere con zia Doris."

"Lei non ti piace?"

Vera scrollò le spalle. "Poi c'è un uomo. Ha una motocicletta con un sidecar. Conosco un grande segreto su lui e su zia Doris. Ed ora lo zio Bill è tornato a casa in licenza."

"Li ha scoperti mentre si baciavano?" Vera capiva dal tono della sua amica Jessica che trovava il suo reportage elettrizzante come guardare un film al cinema. Intrighi, suspense, romanticismo.

"Non si tratta solo di baci, non capisci?" Vera sentiva che la sua amica non aveva colto le implicazioni delle sue rivelazioni. "Sai cosa è successo a Olive Dart, vero? Suo padre tornò a casa in licenza e scoprì che sua moglie era diventata l'amante dell'addetto alle consegne del macellaio. Suo padre li ha buttati fuori di casa e loro sono dovuti andare a vivere con la nonna di Olive e, a quanto pare la vecchia signora Deal si è rifiutata di parlare con entrambi. Ha definito la mamma di Olive una 'sfacciata sgualdrina." Vera pronunciò le parole lentamente per dare enfasi.

"Allora, cosa pensi che dovremmo fare?" disse Jessica.

"Dovremmo rintracciare il motociclista e seguirlo. Se vedremo lui e la zia Doris insieme, avremo la certezza."

"E poi?"

"Possiamo metterlo in guardia. Lo prenderemo da solo e gli diremo di andarsene e, se non lo fa, lo diremo a zio Bill."

"Perché dovrebbe prestarci attenzione?"

Vera non era ancora sicura della risposta, ma sapeva che tutto questo sarebbe dovuto accadere prima di essere scoperta. Era necessario un nascondiglio migliore e Vera conosceva il posto perfetto.

SEI

ERANO TRASCORSE QUASI DUE ore da quando Vera era andata dal giornalaio e non era tornata. Ed ora era passata un po' meno di un'ora da quando Doris aveva mandato Enid a cercare sua sorella, dicendole di arrivare dal giornalaio e poi di "tornare subito indietro".

Era come se Doris stesse tentando di mettere insieme più fili di un complesso pezzo di maglia e tutto si stesse disfacendo davanti a lei. Aveva sempre ammirato l'istinto materno di sua sorella. Annabelle sapeva cosa fare dal momento in cui era nata Enid. O almeno così sembrava a Doris. E quando Vera era arrivata, e Annabelle aveva dovuto destreggiarsi tra le esigenze di una neonata e le crescenti richieste di una bambina di cinque anni, aveva affrontato tutto, e allo stesso tempo era riuscita ad essere una buona moglie per Matthew. Ma tutto quello non si poteva sostenere a lungo e secondo Doris, Annabelle infatti si era lasciata andare. Raramente era senza vestaglia, bigodini tra i capelli, un foulard che li copriva. L'unica volta che Doris aveva visto Annabelle con il rossetto era stato per il suo matrimonio con Bill. Ogni volta che Doris sollevava l'argomento, il che era raro, Annabelle diceva che non si sentiva a suo agio mettendosi della roba sul viso. Nemmeno la crema detergente, e questo doveva essere il motivo per il quale aveva così tante rughe e grinze, nonostante avesse appena due anni più di Doris.

Si, le ragazze erano sempre pulite ed ordinate, ma Doris non poteva dire altrettanto delle condizioni di vita di sua sorella. Le superfici della cucina avevano bisogno di una buona pulita e non c'era modo di sapere quando le finestre erano state lavate l'ultima volta. Naturalmente, la recente ondata di bombardamenti significava un ulteriore strato di polvere e sporcizia su tutto, ma anche durante questi anni di guerra Doris aveva continuato con un accurato regime di pulizia. Si vantava di mantenere l'ordine. Una casa pulita e ordinata conduceva a una vita pulita e ordinata. Quello era il motto di Doris, e non l'aveva ancora delusa. In questi ultimi giorni la permanenza di Enid e Vera aveva sconvolto la sua routine. Le amava entrambe, certo, ma non poteva tollerare l'imprevedibilità dei bambini. Non poteva fare a meno di pensare che sua sorella aveva concesso loro troppa libertà. Se Doris avesse avuto figli, sarebbe stata decisa con loro fin dall'inizio, ma non c'erano dei bambini e a Doris andava bene così.

Per i primi anni della loro vita coniugale, era come se trattenesse il respiro ogni mese. Qualche volta il suo ciclo era in ritardo e quando ciò accadeva Doris era presa dalla paura. La loro vita sarebbe cambiata irrevocabilmente. Poi era iniziata la menopausa, e con essa era arrivato un sollievo. Lei e Bill non ne avevano mai parlato. Ma nelle rare occasioni in cui entrambi andavano in visita alla casa di Annabelle, Bill tornava con una malinconia per il resto della giornata.

"Famiglia, eh? Sarà così anche per noi un giorno, amore," aveva detto in alcune occasioni.

Doris scrollava le spalle. Sapeva cosa intendeva, anche se non glielo aveva chiesto mai direttamente. Bill era quello che suo padre chiamava 'un vero uomo'. Diretto e schietto.

Ed ora si era presa la responsabilità delle figlie di sua sorella e avrebbe voluto non averlo fatto. Niente era andato bene da quando erano arrivate e, per chiudere in bellezza, il disastro delle ultime ventiquattro ore; entrambe le ragazze erano andate chissà dove. E non era Bill che poteva aiutarla. Aveva i suoi problemi da risolvere.

Ma Annabelle sarebbe stata via per un altro giorno o più. Un sacco di tempo per far tornare tutto alla normalità prima del suo ritorno. L'alternativa era impensabile.

Doris cercava di tenersi occupata a pulire e ordinare, forse poteva fare anche un po' di dolci. Magari provare un'altra serie di brutti ma buoni, per vedere se riusciva a farli venire meglio dell'altra volta. L'uovo essiccato non sarebbe mai stato buono come quello fresco e la ricetta richiedeva più burro di quanto potesse usarne dalla loro razione. Ma almeno aveva tanto zucchero. Teneva la scorta sul fondo della dispensa, nascosta dietro i barattoli di conserve. Non che Bill avrebbe mai pensato di guardare nella dispensa. Cucinare era un lavoro da donne, secondo il parere di Bill.

Uovo secco, la minima quantità di burro, farina, zucchero, lievito in polvere, una manciata di ribes e un pizzico di spezie miste, poi una spruzzata di latte e il composto era pronto. Di solito faceva sempre l'impasto finale a mano; aveva visto sua madre fare la stessa cosa abbastanza spesso. "Ci vuole un tocco leggero," diceva sempre sua madre. "Possono essere chiamati dolci duri, ma non vogliamo che siano duri come le rocce, vero?"

Entrambe le mani di Doris erano coperte da un miscuglio appiccicoso quando sentì bussare alla porta.

"Signore, per favore, fa che non sia la polizia."

Da quando era passata un'ora o due o oltre che le ragazze erano sparite, nella mente di Doris c'era un pensiero assillante, che il poliziotto locale avrebbe riportato indietro una delle ragazze, denunciando qualche reato che aveva commesso.

Era riluttante ad asciugarsi le mani appiccicose sul grembiule, meglio lavarle al lavandino di cucina con il sapone. Chi aveva bussato doveva aspettare. Nel tempo che si era asciugata le mani, i colpi alla porta erano diventati quasi frenetici, ma ora erano accompagnati da una voce. Non era la polizia.

Quando Doris aprì la porta sua sorella quasi si gettò dentro.

"Signore, Doris, ho bussato e bussato. Come mai ci hai messo tanto?"

"Annabelle."

C'era così tanto da spiegare, domande a cui rispondere e poche o nessuna informazione che sarebbe stata d'aiuto per alleviare l'inevitabile preoccupazione di sua sorella.

"Stavo facendo i dolci. Perché non sei entrata dal retro?"

Stavano ancora entrambe trattenendosi nel corridoio.

"Pensavo che avrebbero aperto le ragazze, volevo fargli una sorpresa."

Mentre parlava, Annabelle si allontanò da sua sorella, dirigendosi verso la cucina.

"Ti stanno aiutando a fare i dolci? Enid ha una buona mano quando si impegna, ma Vera...bene, devo ancora insegnargli."

Annabelle era arrivata alla porta della cucina, davanti a lei lo scenario dei brutti ma buoni in preparazione.

"Dove sono? Non dirmi che le hai lasciate oziare nella loro camera da letto mentre eri qui a cucinare. Almeno potrebbero aiutare a lavare i piatti."

Annabelle si voltò e superò Doris per fermarsi ai piedi delle scale. "Enid, Vera, la mamma è a casa."

"Non sono qui. Sono uscite," disse Doris, un tono piatto nella sua voce.

"Perché non me lo hai detto subito? Dove sono andate?"

Doris ebbe un momento di esitazione. Forse era meglio raccontare tutto a sua sorella, dall'inizio. Lei provò a cercare le frasi nella sua mente. Immaginava la risposta di sua sorella. "Perché hai mandato Vera da sola?" E questa domanda avrebbe portato all'inevitabile rimprovero, e questo riportò Doris alla propria infanzia quando Annabelle comandava sempre.

"Doris, è successo qualcosa? Falla finita e dimmelo ora. Lo vedo scritto sul tuo viso." Annabelle prese il braccio della sorella, costringendola a girarsi, finché non furono una di fronte all'altra, guardandosi negli occhi avvertendo il tumulto di emozioni che sarebbe stato tangibile per chiunque fosse entrato in cucina in quel momento.

"Come ti ho detto, sono fuori a fare commissioni, ma, si, sono fuori più a lungo di quanto pensassi. E tu torni prima di quanto prevedevo. Tutto bene?"

Annabelle non si sarebbe distratta. Il momento di parlare dei perché e del percome del suo viaggio a Brighton sarebbe venuto dopo che le sue figlie fossero tornate al sicuro accanto a lei.

"Metto su il bollitore, che ne pensi?" disse Doris, la sua voce aumentava di tono mentre cercava di sembrare calma.

"E tu credi che me ne starò qui seduta a sorseggiare il tè mentre le mie ragazze sono fuori chissà dove, a fare chissà cosa? Ero sicura che avresti badato a loro, Doris. Mi hai deluso."

Annabelle scavalcò la valigia, che era ancora sullo zerbino all'interno della porta d'ingresso e uscì in strada. Nello stesso momento si sentì sbattere la porta sul retro, e Bill gridò, "È tutto risolto. L'ho sistemato una volta per tutte."

SETTE

Jessica e Vera si diressero verso Winchester Street, svoltando l'angolo in Sandy Close. Per tutto il tempo il loro sguardo si spostava da destra a sinistra, avanti e indietro; il loro obiettivo era raggiungere la casa stregata senza essere scoperte.

Il tempo era favorevole. Le strade erano silenziose. Poco dopo l'ora di pranzo si era alzato un vento feroce, forse in coincidenza con il cambio di marea. In Winchester Street non c'erano neanche cani e ciclisti. Pochi avevano scelto di sfidare il forte vento di nord-est, solo per mettersi in coda per le razioni di questa settimana. Potevano aspettare, forse il lunedì avrebbe portato un tempo più clemente. C'era sempre qualcosa nell'armadio o nella dispensa che sarebbe bastato per la cena.

E così il loro appropinquarsi alla casa infestata era andato liscio. Jessica accennò ai segni di gesso rimasti sulla strada nonostante gli acquazzoni dei giorni prima.

"La signora Cartwright mi aveva dato quel gesso, sai. Non l'ho rubato," disse Jessica.

"Allora mi dispiace che ti ho dato della ladra." Vera fece una pausa, l'accenno di un cipiglio sulla sua fronte. "Perché te lo ha dato?"

"L'ho aiutata a portare un carico di libri dalla nostra classe in quella sala da tè nei giardini Tensing. Lo abbiamo fatto durante le vacanze."

"Perché?"

"Nell'eventualità che la scuola venga bombardata, suppongo. In quel caso dovremo andare lì per le nostre lezioni."

I pensieri sui bombardamenti non erano mai stati lontani dalla mente di Vera, ma non aveva considerato la scuola come un possibile obiettivo. Era un posto in cui si sentiva al sicuro, fino a quel momento. Forse non sarebbe tornata a scuola dopo questo fine settimana. Ma dove sarebbe andata? Era impossibile pensare di vivere a Victoria Lodge senza sua madre. Il solo passare quel breve tempo lì quella mattina lo aveva dimostrato. L'alternativa - vivere con zia Doris – non era un'opzione molto migliore. E anche quello poteva essere impossibile se zia Doris fosse scappata con l'uomo in motocicletta.

Vera e Jessica erano ancora in piedi accanto alla campana quando udirono un fischio.

"Presto, nascondiamoci." Vera afferrò la mano di Jessica e la trascinò dentro il portico di Roebuck House. O almeno quello che restava del portico. Originariamente costruito in mattoni con un tetto in tegole, ora tutto ciò che restava era parte di una delle pareti, tre travicelli, sporgenti dalla casa principale con vista di cielo grigio che sostituiva il tetto che un tempo fungeva da copertura. Non era certo un nascondiglio.

Ancora il fischio e poi una faccia apparve attraverso la fitta siepe di ligustro che circondava il giardino.

"Grazie al cielo. Ti ho trovato." L'affanno di Enid non era solo dovuto alla corsa. "Cosa stai facendo qui? Se mamma lo scopre, ti ucciderà."

"Mamma è a casa?" disse Vera, ricevendo uno scappellotto da Enid come risposta. Un rimprovero da sua madre sarebbe stato il benvenuto. Avrebbe voluto dire che era tornata, anche se il destino di suo padre era ancora sconosciuto.

"Jessica, dovresti sapere che è meglio non portare Vera qui. Ve lo abbiamo detto e ridetto di non avvicinarvi a questo posto." Disse Enid.

"Perché è infestato." Vera affermò.

"No, perché è pericoloso." Enid enfatizzò il suo avvertimento pestando un piede in terra. "Guarda." Indicò le travi, che erano marcite e mangiate dai tarli. "E questo è solo nel portico. Immagina com'è dentro."

L'opportunità di entrare era troppo buona per doverla perdere. Vera era così vicina; non poteva andarsene ora. Pericolo o non pericolo.

"Non mi hai ancora detto perché sei qui," disse Enid. "E perché c'è uno strofinaccio avvolto intorno alla tua mano?"

"L'uomo in motocicletta," dichiarò Vera, come se solo questo spiegasse tutto.

"Di cosa sta parlando?" Enid indirizzò la domanda a Jessica che si limitò a scrollare le spalle.

"Chiedi a tua sorella."

"C'è un grande segreto che conosco sull'uomo in motocicletta – quello che ci ha fatte cadere – e zia Doris," disse Vera.

"Quale segreto? Vera, dobbiamo tornare subito a casa di zia Doris. Sei stata via ore. Potrebbe anche aver chiamato la polizia a quest'ora. E Vera, la tua mano. Ti sei fatta male?"

La risposta di Vera non arrivò mai, poiché alcuni secondi dopo risuonò il segnale di avvertimento del raid aereo. La determinazione di Vera a entrare nella casa infestata ora era stata aumentata dalla paura di essere colpita dalle bombe, nel momento che anche Enid e Jessica erano andate avanti. Tutte e tre tirarono l'asse di legno che era stata rozzamente inchiodata di traverso sulla porta. Qualche momento dopo aveva ceduto ed erano dentro.

Solo allora apparve evidente la reale entità del danno alla proprietà abbandonata. Solo un lato del corridoio era intatto. Non c'era la porta della sala principale, solo un mucchio di macerie da attraversare. E una volta lì non trovarono altro che mobili distrutti, tra vetri rotti e travi.

"Non possiamo stare qui, non è sicuro," disse Enid. "È pazzesco, ascolta quella sirena, vuoi farci uccidere tutte?"

"Ci sarà un nascondiglio da qualche parte. Venite, aiutatemi a trovarlo." Vera non aspettò una risposta, ma fece strada, lungo il corridoio, fino nel retro della casa, che sembrava relativamente indenne da qualunque catastrofe fosse accaduta su Roebuck House. Molto più tardi le ragazze seppero che la casa non aveva subito un colpo diretto di bombardamento in questa guerra o in qualsiasi altra. Invece, era caduta in rovina nel corso di decenni. Le finestre erano tiro a segno per i ragazzi del posto, e l'umidità che mangiava la malta, faceva sgretolare la muratura.

Ma una volta in cucina, la scena che si era presentata aveva smentito tutto ciò che avevano visto. La cucina era apparentemente illesa rispetto al degrado che interessava il resto dell'edificio, le pareti, il soffitto e le finestre tutto era integro. Al centro della cucina c'era un solido tavolo di legno la cui superficie era stata pulita. A un'estremità c'era un piatto smaltato, un pezzo di pane rimasto e una tazza smaltata nella quale c'erano i fondi del tè.

"Qualcuno vive qui," disse Vera. "Guardate." Alzò la tazza smaltata per farla vedere a sua sorella e alla sua amica.

"Vera, non è il momento di iniziare a fare la detective." Non era irritazione, ma un netto fremito nella voce di Enid.

In quel momento Vera capì che non c'era da scegliere se avere paura o essere coraggiose. La torre di paure che Vera aveva visto sbarrarle la strada solo pochi giorni prima, sembrava essere svanita. In effetti, era come se fosse in cima alla torre, con una chiara visuale in avanti. "Dai, mettiamoci tutte sotto il tavolo e teniamoci per mano."

E questa volta fu Enid a sembrare la più turbata quando disse: "Vorrei che la mamma fosse qui."

OTTO

AD OGNI PASSO CHE Annabelle faceva uscita dalla casa di Doris, l'irritazione verso la sorella si dissipava. Doris aveva confessato abbastanza spesso che faticava a capire i bambini, che la mettevano a disagio. Ciononostante, Annabelle aveva affidato le sue ragazze alla zia, certa che c'erano poche possibilità di una convivenza armoniosa.

Le sue figlie erano entrambe forti a modo loro. La figlia più piccola desiderava ardentemente la sicurezza che la casa offriva, ma nonostante i timori di Vera, Annabelle riconosceva in lei una determinazione. Un tratto caratteriale che le avrebbe consentito di affrontare qualunque cosa la vita le avesse offerto. Le infinite domande di Vera non erano altro che il risultato di una mente vivace, una natura curiosa, che voleva imparare e capire. E, anche se non avrebbe mai voluto ammetterlo, Annabelle sentiva un'affinità con la figlia più piccola, che la faceva sentire in colpa. Era sbagliato avere delle preferenze. L'amore di una madre deve essere condiviso equamente. E così, per controbilanciare, Annabelle era stata più dura con Vera di quanto meritasse.

La verità era che Annabelle all'età di Vera aveva passato un periodo di confusione sulla vita ed era per questo che cercava di evitarlo a sua figlia. I suoi ricordi dei giorni di scuola non li aveva mai dimenticati, anni in cui veniva rimproverata in classe per le sue continue domande. Non era consuetudine a quei tempi. I bambini andavano a scuola per imparare, e questo voleva dire ascoltare l'insegnante e parlare solo quando si veniva interrogati. I commenti nelle sue pagelle scolastiche erano una testimonianza.

"Annabelle farebbe meglio ad ascoltare di più e parlare di meno."

"Annabelle è troppo curiosa non le fa bene."

E così, visto che non volevano che facesse domande a scuola, le metteva da parte per quando tornava a casa. Spesso irrompeva in cucina subito dopo la scuola con una domanda pronta sulle labbra prima ancora che si fosse tolta il cappotto. Il padre di Annabelle era sempre al lavoro e quindi spettava a sua madre cercare di soddisfare la sua sete di sapere. La nonna di Vera non era una persona istruita, lei raramente, se non mai, aveva preso un libro in mano. I suoi talenti erano nel mantenere la casa in ordine, nell'essere una semplice cuoca e nell'assicurarsi che le sue figlie imparassero le buone maniere. E così, Annabelle era rimasta con le sue domande, proprio come Vera stava lottando ora con le sue.

In piedi sulla soglia d'ingresso di Victoria Lodge, Annabelle prese la chiave dal borsellino e aprì la porta, entrando nel corridoio buio.

"Vera, sono mamma."

Il bisogno di sentire le braccia di sua figlia strette intorno alla sua vita era palpabile. Passarono dei secondi mentre si spostava lentamente dal corridoio alla cucina. Una cucina vuota. Vuota di persone, ma non di prove. Briciole di biscotti sparse sul tavolo, rimaneva solo il pacchetto vuoto di Rich Tea, gettato sullo scolapiatti. Accanto all'involucro una scatola di carne aperta, la carne intatta. Annabelle raccolse la latta e solo allora vide il sangue. Macchie rosso scuro sul bordo affilato dalla latta, dove il sangue si era asciugato. Altro sangue sul piatto e schizzi nel lavandino, l'acqua aveva diluito il rosso scarlatto in tenue sfumatura di rosa e rosa pallido.

"Oh Vera." Il suo appello questa volta era più angosciato. Sua figlia giaceva da qualche parte, perdendo sangue. Forse era svenuta, incapace di raggiungere un posto sicuro. Annabelle si piegò in due, i crampi allo stomaco un misto di paura e di rabbia. Aveva affidato le sue figlie a Doris e sua sorella l'aveva delusa. Scivolò su una delle sedie della cucina, avvolgendo le braccia intorno a sé stessa, cercando di stabilizzare i suoi nervi abbastanza a lungo da poter pensare lucidamente. Dove andrebbe Vera per chiedere aiuto, al di fuori della zia?

L'amicizia di sua figlia con Jessica Chandler non era un segreto. In passato erano state coinvolte in numerosi problemi, Annabelle non era mai stata sicura se fosse stata Jessica a portare sulla cattiva strada Vera o al contrario.

La signora Chandler, quando Annabelle bussò alla porta, rispose in pochi secondi.

"Sei arrivata proprio al momento giusto. Ho finito di imbottigliare e ho deciso che mi merito di sedermi con una tazza di tè ed ora sei qui per farmi compagnia." Helen Chandler fece un passo indietro dalla porta, voltandosi, aspettando che Annabelle la seguisse.

Dalla cucina si diffondeva un forte odore di aceto di malto e spezie in salamoia. Era un odore che sarebbe rimasto per giorni. Quando Annabelle aveva fatto la stessa salamoia, l'odore era penetrato nei tappeti e tende, tanto che Annabelle da allora aveva perso la voglia di rifare i sottaceti.

"Sto cercando Vera. Ho pensato che potesse essere qui?"

Le remore nello stomaco di Annabelle si trasferirono nella sua voce. Iniziarono con un tremore nervoso, poi salirono nel suo petto dove il respiro le faceva sentire come se i suoi polmoni stessero per esplodere.

"Vera non è qui," disse Helen, mentre Annabelle guardava da sinistra a destra, come se così facendo sua figlia potesse apparire all'improvviso.

"E Jessica? Sai quando si sono parlate l'ultima volta?"

Fu solo quando Helen controllò l'orologio che si rese conto che sua figlia era via da quasi un'ora per quella che doveva essere una commissione di dieci minuti. Era stata così assorbita dai suoi sottaceti che a malapena aveva pensato a sua figlia.

"È una sognatrice quella ragazza," disse Helen, e per un momento Annabelle fu pronta a sollevarsi in difesa della figlia. Ma poi Helen aggiunse, "Ho dato a Jessica un incarico semplice da fare. Sarebbe dovuta tornare da molto. Quando hai visto Vera per l'ultima volta?"

Non c'era tempo per spiegare del viaggio di Annabelle a Brighton, del sangue che aveva trovato, la paura che la stava attanagliando.

"Ho davvero bisogno di trovarla."

"Non possiamo sapere se loro due stanno insieme," disse Helen.

"Se vedo Jessica, la mando subito da te." Mentre Helen era sulla soglia di casa, Annabelle si diresse verso Winchester Road.

Mentre camminava, Annabelle parlava a bassa voce tra sé e sé, elencando i luoghi in cui Vera poteva essere andata e riflettendo su cosa avrebbe detto quando finalmente avrebbe rintracciato sua figlia. Doveva essere 'quando' no 'se'.

Fu mentre raggiungeva il bivio tra Winchester Road e Sandy Close che suonò la sirena antiaerea. Le poche persone del posto che erano fuori, e pochi istanti prima erano occupate nella loro quotidianità, si fermarono, come se un comando fosse stato impartito da un generale dell'esercito. Si voltarono all'unisono e si diressero verso il rifugio antiaereo. Il rifugio comunale era stato costruito da poco più di un anno e si diceva che non poteva ospitare più di cinquanta persone, ma chi le contava? All'inizio si formò una fila ordinata, ma subito dopo ci furono spinte e spintoni per entrare, un comprensibile bisogno di affrettarsi, sperando di potersi mettere al sicuro, nonostante ci fosse stato un recente rapporto secondo il quale uno dei rifugi in muratura dall'altra parte della città aveva fornito poca salvezza alle povere persone all'interno. Un'esplosione nelle vicinanze aveva scosso le pareti provocando la caduta del tetto di cemento. Diverse persone erano rimaste gravemente ferite, una delle quali era ancora in ospedale.

Una volta all'interno del rifugio, Annabelle fece cenno con il capo a diverse persone che conosceva. Pochi parlavano, solo mezzi borbottii di "Oh, non di nuovo," e "Mi chiedo chi colpirà questa volta."

Gli uomini anziani, non coinvolti nei combattimenti né nella Guardia Nazionale, ma lasciati con i loro ricordi della Grande Guerra, si tolsero le giacche, facendo cenno alle donne di sedersi.

Annabelle scosse la testa quando gli fu offerto uno spazio accanto a Deirdre Ripton.

"Se fossi in te mi metterei seduta," disse Deirdre. "Penso che tu debba sederti temo che tu cada."

Annabelle guardò l'area del pavimento che le stava indicando, ma non stava vedendo il pavimento e neanche stava ascoltando il consiglio di Deirdre. Chiuse gli occhi, immaginando la figlia più piccola che era terrificata dai raid aerei, e ora con una ferita che forse l'aveva lasciata debole e ancora più spaventata. Ovunque fosse adesso, Annabelle era certa che Vera sarebbe stata terrorizzata.

"La mia Vera è scomparsa," disse Annabelle, a chiunque la stesse ascoltando.

"Cosa intendi per scomparsa?" disse Deirdre.

"L'ho lasciata con mia sorella... io..." Non riusciva a finire la frase perché facendolo avrebbe dovuto ammettere che proprio il giorno prima aveva abbandonato le sue figlie. Tempo rubato dall'essere madre e, come era avvenuto dall'essere moglie.

Quando aveva raggiunto la pensione a Brighton dove Matthew doveva incontrarla, l'uomo alla reception le aveva consegnato una lettera. Una nota scarabocchiata di suo marito che spiegava che tutte le licenze erano state annullate, c'era una crisi, avrebbe spiegato meglio nella prossima lettera. Lei sarebbe dovuta tornare a casa subito. Ma c'era stata una tale tentazione di godersi un po' di libertà, di passeggiare lungo il molo di Brighton, comprare patatine per un valore di sei penny, ricoprendole generosamente di sale e aceto prima di mangiarle ancora calde da bruciarle la lingua. Ora tutto ciò la faceva sentire sconsiderata e scellerata.

Lei aveva catturato l'attenzione di uno sconosciuto di passaggio. Lui le aveva sorriso, chiedendole se poteva sedersi accanto a lei. Risero dei gabbiani che stridevano sopra di loro. Uno si era avvicinato a lei e l'uomo aveva allungato il braccio per proteggerla. Dopo circa un'ora l'uomo si era congedato dicendole quanto gli era piaciuta la sua compagnia. Non una volta lei aveva detto che era una donna sposata, e che suo marito poteva essere in pericolo in quel momento. Aveva persino nascosto la mano sinistra in modo che non vedesse la fede nunziale.

Matthew aveva prenotato una camera matrimoniale in una graziosa pensione con vista sul mare. Annabelle si distese sul letto matrimoniale; felice che non avrebbe dovuto lavare le lenzuola. L'indomani a colazione si era riempita il piatto con tutto ciò che era offerto, pane appena sfornato, marmellate fatte in casa che avevano un sapore migliore di qualsiasi cosa avesse assaggiato prima. E nemmeno una volta, in tutto il tempo che era stata via, aveva preso in considerazione le sue figlie.

Aveva scelto di accaparrarsi alcune ore rubate e ora veniva punita. Qualsiasi cosa poteva essere successo a Vera non era colpa di Jessica, non era colpa di Doris, era sua soltanto sua.

"Ho visto le tue figlie questa mattina," disse una donna. "Erano in fila dal fruttivendolo. Stavamo tutti cercando un arancio o due ma sono quasi sicura che non ne fosse rimasta nessuna quando è toccato il loro turno."

Annabelle fissò la donna.

"Non riesco a ricordare l'ultima volta che ho assaggiato un'arancia," disse un'altra donna. "O un piatto di uova fresche strapazzate."

Passarono alcuni minuti nei quali diverse persone parlarono del cibo e delle bevande che erano scomparse dall'inizio della guerra.

"La colpa è di Chamberlain," disse un uomo.

"Non è colpa sua, vero? Almeno ci ha provato," disse un altro.

"L'unica persona da incolpare è Hitler, lui e i suoi compari," intervenne una donna. "Non va bene agire da soli, dobbiamo unirci."

La discussione era proseguita, con alcuni d'accordo, mentre altri scuotevano la testa. Annabelle era rimasta in silenzio, ascoltando a malapena il dibattito. Mentre il suo fisico era lì nel rifugio, i suoi pensieri erano immersi in un ricordo.

Il suo sedicesimo compleanno. Sua madre aveva fatto una torta e l'aveva decorata con sedici candeline. Dopo aver mangiato i panini (tagliati con cura da Doris) e la giuncata di fragole (la preferita di Annabelle) era arrivato il momento di tagliare la torta.

"No, aspetta," gli aveva detto sua madre. "Devi esprimere un desiderio."

Tutti gli invitati alla festa cantavano all'unisono "Tanti auguri a te."

Annabelle aveva chiuso forte gli occhi, aveva espresso il suo desiderio e un secondo dopo aveva spento tutte le candeline con un forte soffio. Tutti avevano applaudito e avevano gridato evviva.

"Bene, non ci hai pensato molto," aveva detto sua madre. "Tu dovevi avere già il tuo desiderio pronto."

"È stato facile," aveva detto Annabelle. "È la stessa cosa che ho desiderato da sempre."

"Raccontaci allora," aveva detto Doris. "Se non ce lo dici non ci crediamo che tu abbia espresso un desiderio."

Prima che qualcuno potesse fermarla, Annabelle aveva dichiarato, "Sposare un brav'uomo e avere figli ovviamente. Due. Un maschio e una femmina."

"Noioso," aveva detto Doris, coprendosi la bocca con una mano mentre fingeva di sbadigliare. "Non preferiresti viaggiare per il mondo o sposare un miliardario?"

"I soldi non ti compreranno mai la felicità, Doris," aveva detto il loro padre. "Ricordatelo."

Ed ora, nell'oscurità del rifugio, Annabelle si rese conto del suo errore. Tutti sanno che perché un desiderio diventi realtà deve rimanere segreto. Finora era stata fortunata; aveva sposato un brav'uomo. Aveva avuto due figlie sebbene entrambe femmine. E ora c'erano tutte le possibilità che la sua fortuna si fosse esaurita.

NOVE

Quando suonò 'il cessato allarme' Vera era ancora aggrappata fortemente alle mani della sua amica e di sua sorella. Ma era come se fosse lei che le stesse rassicurando, piuttosto che il contrario.

"Dai, ora possiamo muoverci. È tutto finito." Jessica si liberò dalla mano di Vera, spingendosi all'indietro sui fianchi finché non si fu allontanata dal tavolo in modo da potersi mettere in piedi.

"Non ho sentito cadere nessuna bomba," disse Enid, seguendo Jessica, uscendo dal loro posto sicuro per mettersi in piedi accanto a lei.

"Solo perché non le abbiamo sentite non vuol dire che non le abbiamo sganciate," disse Vera, non ancora convinta di lasciare il suo nascondiglio.

"Non sempre lanciano le bombe, almeno a volte le lanciano quando sono sopra la Manica. In questo modo uccidono solo i pesci," disse Jessica.

"Ma a me piacciono i pesci," disse Vera.

"Vi sgrideranno," disse Jessica "A entrambe."

"Oh, e a te no??" disse Enid. "Non dovevi fare una commissione per tua madre circa un'ora fa?" Indicò il cesto vuoto che era sullo scolapiatti.

"È colpa di tua sorella. Mi ha fatto venire qui con lei."

Mentre Jessica ed Enid litigavano per stabilire di chi era la colpa e perché, Vera era strisciata fuori da sotto il tavolo. Continuò a strisciare fino alla porta della cucina, poi si alzò.

"Adesso dove stai andando?" disse Enid.

"Ssh, penso di aver sentito qualcosa di sopra."

Si mosse di soppiatto verso la scalinata di legno e quando era a metà strada Jessica ed Enid erano dietro di lei.

"Non penso che dovremmo farlo. Questi gradini non sembrano molto sicuri." Enid indicò una fessura che attraversava l'intera lunghezza di uno dei gradini delle scale, rivelando un varco largo diversi centimetri. Lo attraversò con cautela, seguendo sua sorella che era arrivata in cima, apparentemente imperterrita. Ma Vera si fermò così bruscamente che Jessica e Enid quasi non la urtarono.

"Attenta," disse Jessica, prima di spingere gentilmente Vera da un lato per andare avanti lei.

Nelle prime stanze che attraversarono non c'erano più le porte, la luce filtrava dalle finestre. Sebbene lo strato di terra e di sudiciume rendesse la luce oscura, dando origine a ombre mentre le ragazze si muovevano lungo il corridoio.

Con una breve occhiata in ciascuna delle prime due camere da letto non trovarono nulla di interessante. Tutti i mobili della camera da letto erano stati rimossi da tempo, i segni di trascinamento sul tappeto, erano rimasti solo i profondi solchi di letti, specchiere e armadi.

Arrivate alla fine del corridoio, si trovarono di fronte una porta chiusa. Vera presa l'iniziativa. Avvolse le dita intorno alla maniglia della porta, la girò, senza risultato.

"Probabilmente è chiusa a chiave," disse Enid. "Ecco, fammi provare." Questa volta sia per la tecnica di Enid o per la sua forza, la porta si spalancò.

"Wow," disse Jessica.

"Accidenti," disse Enid.

Solo Vera rimase in silenzio mentre avanzava per ispezionare il contenuto della stanza.

A sinistra scatole di cartone, impilate dal pavimento al soffitto. A destra, casse di legno piene di pacchetti di varie dimensioni. Vera si fece avanti, prendendo un pacchetto e lo mostrò alle altre. "Zucchero semolato," lesse. Mettendolo giù ne prese un altro. "Farina con lievito."

"Non capisco. Perché qualcuno tiene tutte queste cose qui invece che nel negozio?" Vera si rivolse alle altre, sperando in una spiegazione.

Ora toccava a Jessica di indagare. Si avvicinò alla pila di scatole, aprì il coperchio di una e ne tolse un'altra più piccola. "Sigarette Senior Service," annunciò.

"Devono essere rubate," disse Enid con una certa autorità. "Dovremmo denunciarlo alla polizia."

"E venire rimproverate per essere state dentro alla casa stregata?" disse Jessica.

"Cosa suggerite allora, saputelle?" disse Enid

"Bene, aspettiamo qui, per vedere se qualcuno viene a prendere le scatole. Allora sapremo chi è," disse Vera. Un'inversione di tendenza, Vera non stava più facendo domande; invece era pronta con le risposte.

"Oh, giusto, tre sciocche ragazze che affrontano un criminale," disse Enid.

"Lui potrebbe avere una pistola. I ladri di solito hanno delle pistole o dei bastoni pesanti che usano per picchiare le persone in testa." Vera non riusciva a capire se fosse spaventata o eccitata.

"OK, basta." Era giunto il momento che Enid prendesse in mano la situazione. "Nessuno ci colpirà in testa o ci sparerà e questo perché ce ne andiamo ora, in questo momento. Soprattutto non saremmo mai dovute venire qui Jessica, è colpa tua."

"Aspetta un minuto. È stata tua sorella che è voluta venire. Tutti mi accusano quando ci sono dei problemi, ma non è mai colpa mia."

"Non mi interessa questo ora. Mi interessa portare noi tre fuori di qui senza nessun altro incidente. La zia Doris avrà inviato una squadra di ricerca, quindi la polizia sarà probabilmente qui a minuti."

Nel momento in cui Enid aveva finito di parlare, tutte e tre udirono un rumore provenire dal piano di sotto.

"È un assassino che viene ad ucciderci." Vera lo considerò un dato di fatto.

"Ssh," Enid si portò un dito alle labbra. "C'è sicuramente qualcuno che si muove."

Poi passi per le scale, seguiti da un grido. "Chi è là?" Una voce di uomo seguita rapidamente dall'uomo in persona.

Vera ed Enid ebbero nello stesso momento un sussulto di sorpresa. Loro conoscevano quell'uomo. Almeno lo avevano riconosciuto. Era lo stesso uomo che le aveva quasi investite, lo stesso uomo che Vera aveva visto baciare dalla loro zia Doris. L'uomo della motocicletta.

"Che diamine..." L'uomo torreggiava sopra di loro, la sua testa toccava quasi la pendenza del soffitto. "Non dovreste essere qui. Come siete entrate e tuttavia cosa pensate di fare ficcando il naso negli affari degli altri? È meglio che tagliate la corda prima che perda la pazienza."

Fu la più piccola che parlò per prima.

"Ci scommetto che queste cose non ti appartengono." La voce di Vera era provocatoria.

"Come ho detto, non sono affari vostri." L'uomo afferrò il pacchetto di sigarette dalla mano di Jessica, rimettendolo nella scatola e chiudendo il coperchio. "I tuoi lo sanno che siete qui?"

Guardando l'uomo che teneva il casco da motociclista nell'incavo del braccio, Jessica fece un commento che rischiava di rovinare tutto.

"Tu sei l'uomo che è l'amico di Doris, la zia di Vera?" La sua deduzione non era passata inosservata a nessuno nella stanza.

"Doris? Tu sei sua nipote, vero?"

"Io sono Vera, lei è Enid. Noi siamo sorelle e tu conosci nostra zia. Io vi ho visti... insieme. Ed ora zio Bill è a casa e te la farà pagare," Vera aggiunse. "Tu puoi essere alto, ma zio Bill è veramente forte. Lui è un soldato e ti darà un pugno sul naso, vedrai se non lo fa."

Ci fu un momento in cui Enid fissò Vera, poi l'uomo chiedendosi di cosa stesse parlando sua sorella. E poi la reazione più inaspettata di tutte. L'uomo lasciò cadere a terra il casco da motociclista e iniziò a ridere. Una grande risata singhiozzante che lo fece piegare in due e poi raddrizzare di nuovo. Le risate cessarono solo quando iniziò a tossire. Prese un pacchetto di sigarette dalla tasca del giubbotto di pelle e ne accese una.

"Sei divertente, lo sai. Molto divertente. E anche coraggiosa. Un vanto per la famiglia," disse.

"Che vuoi dire?" chiese Vera.

"Siamo parenti. Siamo una famiglia." E dicendo questo l'uomo iniziò di nuovo a ridere, tra una tirata e l'altra di sigaretta. "È molto bello conoscervi entrambe – Vera e Enid – giusto?" Guardò da una ragazza all'altra e poi, "Peccato non siamo stati presentati correttamente. Nemmeno una fotografia. E tu," guardò verso Jessica, "Credo che tu sia estranea, per così dire?"

"Tu sei l'estraneo," disse Vera. "Come osi fingere di essere imparentato con noi. Noi non abbiamo mai saputo chi tu sia e tu non conosci noi, questa è la prova."

"Abbassa la voce, ragazzina e te lo racconterò."

Ma prima che la storia potesse essere raccontata, una voce fece tacere tutti nella stanza al piano di sopra.

"Vera, Enid, siete qui?"

"È mamma." Lo strillo di Vera fu seguito dalla sua rapida partenza lungo il corridoio e giù per le scale con Jessica ed Enid e poi il motociclista che la seguivano da vicino.

DIECI

V ERA SI SCAGLIÒ TRA le braccia tese di sua madre, premendo il viso contro il suo petto. Tutto il vissuto delle ultime ventiquattro ore non solo si riversava fuori, confuso, ma anche attutito.

"Oh, Vera, siamo state così preoccupate per te. Che ci fai qui? Ed Enid tu dovresti saperlo meglio." Il rimprovero di Annabelle alla figlia maggiore era stato più aspro di quanto intendesse. Per compensare, allungò il braccio verso Enid, spingendola in un abbraccio accanto alla sua sorellina. "Comunque, ora la cosa importante è che state tutte e due bene. E Jessica, faresti meglio ad andare subito a casa e far tranquillizzare tua madre."

Lo spettatore aveva assistito a quella riunione senza dire nulla. Scelse quel momento per parlare.

"Non vi state comportando tutte e tre come una famiglia accogliente."

A quel punto, Annabelle rivolse la sua attenzione all'uomo, guardandolo con circospezione, le domande che aleggiavano sulle sue labbra, la prima delle quali era: "E tu chi saresti, e perché sei qui con le mie ragazze?"

L'uomo fece una vaga risata. "Ti dirò chi potrei essere. In effetti, ti dirò chi sono. Faccio parte della famiglia, ecco."

"Quale famiglia?"

"La vostra. O almeno di tuo cognato."

"Bill? Come sei imparentato con Bill? E perché non ho mai sentito parlare di te?"

"Sono suo fratello. Il ritorno del figlio prodigo, della pecora nera. Quello di cui nessuno vuol parlare specie da chi si è presentato a voi con tante belle apparenze per sviarvi dalla realtà."

Vera non stava ascoltando, aveva perso ogni interesse sull'uomo della moto. Aveva solo una domanda.

"Papà è morto?" Tre parole che impietrirono il gruppo che era in piedi vicino all'atrio ai piedi delle scale.

"Oh, tesoro, no, tuo padre non è morto. Cosa te lo ha fatto pensare?"

"Abbiamo visto il giornale," disse Vera. "Diceva che un aereo della RAF era stato abbattuto e noi abbiamo pensato…"

"Che vi avevo lasciato improvvisamente perché avevo ricevuto cattive notizie?"

"Qualcosa del genere." Vera si staccò dall'abbraccio di sua madre e guardò in terra. "Papà è ferito?"

"Tuo padre sta bene e vi manda un grande abbraccio con tanto amore." La verità sui momenti di libertà rubati da Annabelle non poteva essere condivisa, non ora, probabilmente mai.

"Mi sono fatta un taglio alla mano." Vera alzò la mano sinistra che teneva ancora avvolta nello strofinaccio.

Annabelle avvicinò di nuovo sua figlia a lei. "Lo so, ho visto il sangue. Ero così spaventata per te, tesoro. Devi aver avuto paura anche tu."

Non era il momento per Vera di spiegare come fosse successo che le paure che un tempo la sopraffacevano si fossero in qualche modo trasformate in qualcos'altro. E anche se fosse stato il momento non avrebbe saputo spiegarlo.

"Va bene, visto che nessuno di voi è interessato a conoscere una nuova parentela, mi congedo e vi saluto." L'uomo si spinse oltre Annabelle.

"Vedrò mia sorella tra poco. Allora saprò la verità," disse Annabelle.

"Ah, la bella Doris," l'uomo strizzò l'occhio. "Bene potresti sapere la verità oppure no." E con questo l'uomo se ne andò.

Annabelle si tenne stretta alle mani di entrambe le figlie mentre camminavano per il breve percorso fino a casa di Doris.

"Mamma. Conosco un segreto. A proposito di zia Doris e di quell'uomo."

La dichiarazione di Vera le portò a fermarsi.

"Che tipo di segreto? Vera, una cosa è godersi un po' di finzione, ma non devi inventare storie su nessuno della famiglia. Questa non è una finzione, è mentire."

"Io non sto mentendo, mamma. Veramente. Li ho visti insieme e poi zia Doris lo ha baciato, è salita sul sidecar e sono andati via insieme."

"Quando? Quando li hai visti?"

"Zio Bill era a combattere e poi è tornato a casa all'improvviso, e lui e la zia Doris sembravano molto scontrosi a colazione," disse Vera.

"Perché non me ne hai parlato?" disse Enid. "Lo hai detto a Jessica e non lo hai detto a me, a tua sorella."

Vera non riusciva bene a capire perché non avesse condiviso il segreto con Enid. Forse era qualcosa a che fare con l'essere adulti. La maggior parte delle volte gli adulti affrontano i problemi da soli, cercano i modi per risolverli e a volte non ne parlano. Forse è questo che significa essere adulti.

"Non ne parliamo più per ora. Torniamo da Doris e prendiamo le vostre cose. E non dire una parola di quest'uomo, hai sentito?"

"Ma mamma..." Vera era determinata ad avere l'ultima parola.

"No, Vera. Mi hai sentito?"

"Mamma, c'è qualcos'altro. Penso che l'uomo della motocicletta viva a Roebuck House e lì immagazzina un sacco di cose, centinaia e centinaia di sigarette e più pacchetti di zucchero di quanti chiunque potrebbe usare in un anno intero." Vera tirò il braccio di sua madre per aggiungere enfasi alle sue parole.

Ma sua madre non la stava ascoltando. Almeno così sembrava a Vera.

Ritornate a casa di Doris, raccolte le cose delle ragazze e fatti ringraziamenti che difficilmente potevano essere descritti come di tutto cuore, si congedarono.

"Torno a trovarti tra un'ora circa," fu il saluto di Annabelle.

Tornate a Victoria Lodge, la scena insanguinata che Vera aveva lasciato era rimasta invariata. Enid fu incaricata di mettere su il bollitore. "C'è del disinfettante sotto il lavello della cucina. Pulisci tutto bene, poi butta via lo strofinaccio. Mi occuperò di tua sorella, dobbiamo assicurarci che il taglio non sia infetto."

Condusse Vera al lavandino, aprì il rubinetto dell'acqua fredda e tenne la mano di sua figlia sotto il getto dell'acqua che scorreva.

"Ouch."

"Tienila ferma adesso."

"Ma fa male."

"Non fare la bambina. Enid, mi dai quel disinfettante, puoi?"

"Ouch, pizzica."

Annabelle asciugò la ferita ignorando le proteste di sua figlia. Prese una benda pulita dal cassetto del comò e l'avvolse strettamente intorno alla mano di Vera.

"È troppo stretta, non posso respirare."

"Ora, stai facendo la sciocca. Avere una benda intorno alla mano non può bloccarti il respiro. Bene lasciala così finché non ritorno da Doris, e ti darò un'altra occhiata."

"Hai intenzione di chiedere a zia Doris del bacio con quell'uomo peloso?" chiese Vera.

Enid ridacchiò, ricevendo un cipiglio di disapprovazione da sua madre.

"Non spetta a te di preoccupartene. Al ritorno mi fermerò dal droghiere, vedo se riesco a prendere alcuni biscotti per il tè."

Parlare del cibo ricordò a Vera i suoi morsi della fame; il dolore per il taglio sulla mano ora sembrava dimenticato.

"Sto morendo di fame," disse. Prima che sua madre potesse rispondere con la solita frase, Vera proseguì "Davvero sto morendo di fame. Non ho mangiato da ..."

"Da quando hai mangiato un intero pacchetto di biscotti dalle scorte di emergenza," disse Enid, tenendo in mano la carta vuota dei biscotti presa dall'immondizia.

"Esattamente."

UNDICI

Pochi minuti dopo Annabelle lasciò le ragazze con precise istruzioni di non uscire di casa, nemmeno per andare in giardino.

La breve passeggiata verso la casa di sua sorella le diede appena il tempo di elaborare i suoi pensieri. Che diritto aveva di interrogare sua sorella, quando fino a poche ore prima era lei stessa a godersi le attenzioni di un estraneo. Se solo Doris avesse saputo di quel fatto non avrebbe accettato nessuna critica dalla sorella: le sarebbe sembrata una vera ipocrisia.

Indipendentemente da ciò, qualsiasi piano che Annabelle avesse per avere una conversazione discreta con Doris naufragò quando venne accolta sulla porta d'ingresso dal marito di sua sorella.

"Bill."

"Doris è sul retro, a pulire i fornelli. Tu la conosci quando è arrabbiata. Lei è lì da quando te ne sei andata. Le tue ragazze stanno bene adesso? Sembra che vi abbiano spaventato entrambe. Meno male che sei tornata presto, eh? Matthew sta bene, vero?"

"Grazie, Bill, si." Si sentiva come una scolaretta cattiva che era stata colta in fallo dall'insegnante.

In cucina sua sorella era inginocchiata per terra, la testa quasi dentro il forno mentre si allungava per raggiungere il fondo con una spugna abrasiva. Annabelle diede un piccolo colpo di tosse per annunciare il suo arrivo, ma sua sorella continuò con le sue pulizie.

"Doris, fermati un minuto. Ho bisogno di parlare con te." Annabelle le diede un colpetto sulla schiena, facendola muovere così bruscamente che quasi sbatté la testa sulla parte superiore del forno.

"Dio, mi hai spaventata." Si girò inginocchiata guardando in alto sua sorella. "Annabelle, mi dispiace, davvero. Pensavo di potercela fare, ma beh…c'è un motivo per cui non ho figli. Mi piace la mia routine e non mi vergogno ad ammetterlo."

"Non è solo questo, che ti piace." La voce di Annabelle si ridusse in un sussurro.

"E questo che vorrebbe dire?" Non c'era niente di calmo o conciliante nel tono di Doris. "Vuoi dire che è colpa mia se la tua preziosa Vera non sa come comportarsi?"

"Cosa sono questi strilli?" Bill aprì la porta della cucina e guardò la moglie poi la cognata e viceversa.

"Ho solo bisogno di parlare tranquillamente con mia sorella," disse finalmente Annabelle.

"Non c'è niente che non puoi dire davanti a Bill." Doris si alzò in piedi, spostandosi al fianco del marito. Aveva il viso arrossato e con ancora i guanti di gomma rosa addosso, una sciarpa a fantasia intorno ai capelli e il grembiule a fiori annodato in modo elegante intorno alla vita, ricordava ad Annabelle un giardino pieno di colori sfrenati.

"Bene, questa è una cosa privata," disse Annabelle. "È…. una cosa di donne."

"In tal caso, me ne vado," Bill afferrò la giacca dalla sedia della cucina, poi dirigendo lo sguardo verso sua moglie, disse, "E questa volta mi assicurerò che sia sistemato una volta per tutte."

L'unica risposta di Doris fu un cenno furtivo del capo. Una volta che Bill aveva chiuso la porta della cucina, lei disse, "Cos'è questa cosa per solo donne? Non hai intenzione di dirmi che sei incinta di nuovo, vero? Il tuo Matthew è stato via per mesi."

"Non è niente del genere. L'ho detto per far andare via Bill." Annabelle fece una pausa. "Doris, sto per farti una domanda ed ho bisogno che tu mi dica la verità. Me lo prometti?"

"Ora che c'è?"

Ma non aveva più l'attenzione di sua sorella. Bill se ne era andato, e al suo posto c'erano Enid e Vera, Enid stringeva qualcosa di piccolo in mano.

"Vi avevo detto di non uscire di casa, che cosa ci fate qui?" disse Annabelle.

"C'è un telegramma." Enid mise la busta in mano alla madre.

"Papà è morto, vero? Ecco perché hanno mandato il telegramma." Vera si avvicinò alla madre, afferrando la mano che teneva il telegramma.

Annabelle guardò prima la figlia più piccola e poi il telegramma.

"Faresti meglio a sederti." Doris accompagnò sua sorella verso una sedia, Vera ancora attaccata come una piattola al braccio di sua madre.

"Non lo vuoi aprire, mamma?" disse Enid. L'espressione sul viso di sua madre sembrava in quel momento terrificata dal possibile contenuto del telegramma.

Annabelle staccò delicatamente le dita di Vera dal suo braccio, regalandole un sorriso forzato, che lasciò il suo viso subito come era arrivato. Poi Annabelle fece scivolare il dito sotto il lembo della busta, tirando fuori il piccolo foglio piegato.

Le altre nella stanza fissarono lo sguardo sul viso di Annabelle, come se solo la sua espressione potesse confermare il contenuto del telegramma.

Annabelle scrutò le parole, rimanendo silenziosa. Consegnò il telegramma a Doris, si alzò dalla sedia e uscì dalla porta sul retro, chiudendola saldamente dietro di sé.

Era stato lasciato il compito a Doris di informare le nipoti che il loro padre era 'scomparso in azione'.

"Cosa significa?" Vera aveva sempre bisogno di spiegazioni, chiarimenti. "Se non riescono a trovare papà, staranno cercando nei posti sbagliati."

Enid mise un braccio intorno alla sorella, tirandola a sé. "È quello che dicono quando pensano che qualcuno sia stato ucciso ma non riescono a trovare il corpo."

"Non è vero," la voce di Doris era decisa. "Ci sono tanti altri motivi per i quali qualcuno può essere scomparso in azione. Il suo aereo può aver avuto dei problemi e lui si è buttato con il paracadute. Potrebbe essere atterrato in Francia ed essere stato accolto da una simpatica famiglia francese. Vedrete, vostro padre starà benissimo, ne sono sicura."

"Tu non puoi saperlo." Vera si staccò da sua sorella e corse verso la porta sul retro.

"Tua madre vuole stare da sola in questo momento, Vera." Doris impedì a Vera di aprire la porta.

"Voglio mamma." A questo punto uno strillo seguito da poche lacrime che poi divennero abbondanti. Il suo coraggio di poche ore prima era in qualche modo svanito nel momento in cui il ragazzo del telegramma aveva messo la busta nella mano della sorella.

"Ssh, ora." Doris era stata lasciata ad affrontare una situazione veramente difficile per lei e non si sentiva in grado di affrontarla. Era dispiaciuta per sua sorella, certo che lo era, ma... Annabelle era una madre, esperta in queste cose e Doris era cosa? Una zia, si, ma una zia che aveva scelto un percorso diverso, lontano dalle responsabilità emotive, verso la praticità e l'ordine. Dicendo alle ragazze di rimanere ferme, Doris andò nel giardino sul retro e trovò Annabelle seduta su un pezzo di prato asciutto. Era accasciata in avanti, la testa sopra le ginocchia.

"Faresti meglio a rientrare. Le tue ragazze hanno bisogno di te."

Annabelle alzò lo sguardo asciugandosi il viso, che era bagnato di lacrime ed anche macchiato dall'erba. "Mi hai sempre considerato una brava madre, vero?" Rimase in piedi faccia a faccia con la sorella. "Una brava madre e una brava moglie, anche se non ho una casa ordinata. È questo che pensi, vero? Ma non è vero." La sua voce si alzò di tono. È tutta una bugia. Non sono una brava madre, non sono nemmeno una brava moglie. E ora tutto ciò che posso sperare è di essere una brava vedova."

"Certo che sei una brava madre e una brava moglie per Matthew. Tu sei sconvolta Annabelle. Non sai cosa stai dicendo."

"Chi è senza peccato scagli la prima pietra. È così che si dice, vero? Bene, qui non ci saranno pietre scagliate. Non oggi."

Ore dopo Annabelle giaceva a letto, Enid da una parte e Vera dall'altra. Ognuna di loro si faceva la stessa domanda in silenzio. 'Perché?' Una domanda posta in tutto il paese, in tutta Europa ed in breve in tutto il mondo.

DODICI

TRASCORSE UNA SETTIMANA PRIMA che ci fossero altre notizie. Ogni volta che Annabelle vedeva il ragazzo dei telegrammi pedalare per una delle strade di Tamarisk Bay, il suo cuore iniziava a battere in modo tale che il respiro si faceva affannoso. Osservava il ragazzo bussare alla porta di qualcun altro e provava un'ondata di sollievo, subito seguita dal senso di colpa. Non suo marito, ma qualcun altro, forse un fratello o un figlio.

Ogni giorno i giornali riportavano terribili perdite. Le forze tedesche stavano avanzando attraverso la Francia. Finora parti della Francia erano al sicuro nella 'zona franca' designata, ma solo Dio sapeva quanto sarebbe durata. E quanto tempo mancava all'invasione della Gran Bretagna. Tamarisk Bay era nella costa sud la prima linea di difesa.

Notti insonni videro Annabelle agitarsi e rigirarsi, perseguitata dalle immagini di carri armati tedeschi che sfilavano lungo il lungomare di Tamarisk Bay, bandiere con la svastica appese al municipio. Diverse volte si era svegliata urlando, e trovava Enid inginocchiata accanto al suo letto che la confortava.

"Ssh, mamma, stai solo facendo un brutto sogno." La figlia maggiore la proteggeva, quando in realtà avrebbe dovuto essere stato il contrario.

Annabelle rimase lontana dalla casa della sorella per tre giorni, incapace di razionalizzare le sue opinioni sul comportamento della sorella. Doris era un'adulta aveva il diritto di commettere i suoi errori. Non erano davvero affari di Annabelle. Inoltre, chi era lei per giudicare?

Ma poi alla fine si ritrovò a bussare alla porta di sua sorella.

"Annabelle." Doris la trascinò dentro. "Ci sono delle novità?"

Annabelle scosse la testa, seguendola nella cucina, la guardò mentre riempiva il bollitore e lo metteva sul fornello.

"Dov'è Bill?"

È tornato alla sua caserma. Dio sa quando lo rivedrò di nuovo. Non sanno mai quando potranno avere una licenza. Ma non c'è bisogno che te lo dica."

"Ogni minuto sto aspettando un altro telegramma, ma finora..." La voce di Annabelle si affievolì.

"Povera te. Posso solo immaginare..."

"Ma non è per questo che sono qui." Il momento era arrivato, ma Annabelle non era sicura su come procedere. Contava sul fatto che Vera le avesse detto la verità su ciò che aveva visto. Vera non era una bugiarda, ma c'erano state delle occasioni nelle quali la sua immaginazione aveva sopraffatto il senso di realtà.

"Bill ha un fratello?" Ora che erano uscite le parole, il resto delle sue domande non le sembrava così difficile.

Doris fece un lento cenno del capo come se stesse calcolando la sua risposta. Dopo un momento di pausa disse, "Perché?"

"Il perché non conta così tanto in questo momento. Ce l'ha o non ce l'ha?"

"A Bill non fa piacere che la gente lo sappia. Suo fratello non è sempre stato dalla parte giusta della legge... se capisci cosa intendo."

"È stato in prigione?"

"Beh, no almeno non ancora." Doris si sedette pesantemente sulla sedia della cucina come se si fosse sollevata da un grande peso. "Comunque, non è un cattivo uomo. Non proprio." Parlava come se stesse cercando di convincere più sé stessa che sua sorella.

"Doris, c'è più di un'amicizia tra e il fratello di Bill?"

Doris si alzò, scrollandosi indietro i capelli e lisciandoli. I vestiti da casa che indossava l'ultima volta che Annabelle era andata a trovarla, mentre puliva con fervore il forno, ora erano sostituiti da un'elegante gonna blu navy e una camicetta con un piccolo motivo a pois, un fiocco ben annodato alla scollatura. Volse le spalle a sua sorella e si avvicinò al lavello della cucina, guardando fuori nel giardino sul retro.

"Come ho detto, non è cattivo, mi fa ridere ed è un vero incantatore." La sua voce si addolcì ed Annabelle capì che stava sorridendo mentre parlava.

"E Bill lo sa, vero?"

Doris si voltò bruscamente, un rossore le salì in viso.

"Sa che ti piace questo fratello più di quanto dovrebbe."

"Non c'è niente di sbagliato con l'essere gentili con i parenti. La famiglia deve restare unita. Non puoi essere in disaccordo con questo."

"Come si chiama, questo fratello?"

"Jonathan."

"Lo sai che Jonathan sta immagazzinando merci nella casa abbandonata alla fine di Sandy Close. Doris, Jonathan vende roba al mercato nero?"

"Oh, è tutto un trambusto per niente. È riuscito a mettere le mani su alcune cose ed è in grado di guadagnarsi da vivere svendendole. Ci sono persone che sono fin troppo felici se riescono a procurarsi una bustina di zucchero in più. Non sei stufa di tutto questo razionamento? Perché io lo sono."

"E tu lo andrai a trovare quando sarà mandato in prigione, vero? Potrebbe starci degli anni."

"Bill ha provveduto a questo."

"Provveduto, come?"

"Non lo so, non gliel'ho chiesto." Doris era provocatoria. "E si, forse sono diventata troppo amichevole con lui. Bill era via e se proprio vuoi saperlo, mi mancava la compagnia maschile. Sei così perfetta che non hai mai fatto un passo sbagliato?"

Ed ecco qui, lo spettro della colpa di Annabelle veniva messo a nudo.

"Come lo hai saputo? Di Jonathan e me?" chiese Doris.

"Vera."

"Aah."

"E adesso se ne è andato, vero?"

"Come ho detto, Bill ha risolto il problema prima di tornare alla base."

C'era poco altro da dire. Le sorelle si abbracciarono, Annabelle promise di contattarla appena avesse avuto notizie. E poi prima di andare via, strinse la mano di sua sorella. "La punizione non si adatta sempre al reato, vero? Ma che si adatti o no, siamo sempre puniti, in un modo o nell'altro." Poteva essere il fato così crudele da punire anche le sue figlie? Lei sarebbe rimasta vedova, ma loro sarebbero rimaste orfane, mentre non avevano fatto nulla di male, e il suo unico crimine era stato di rubare quelle poche ore di libertà.

Il mercoledì, in prima serata, ci fu l'ennesimo attacco aereo. La famiglia Stubbs si rifugiò nell'armadio del sottoscala. Annabelle cantò senza che Vera lo chiedesse e presto le ragazze si unirono al coro, continuando fino a quando non era stato suonato il via libera.

Prima del venerdì erano stati inseriti i vetri nuovi nella finestra rotta, così Enid poteva tornare nella sua camera da letto e Vera poteva scrivere un'altra storia, indisturbata. Più tardi quella settimana il racconto del canto fatto nel rifugio del sottoscala fece guadagnare a Vera una stella d'oro dalla signora Cartwright, che chiese a Vera di leggere la storia a tutta la classe.

Annabelle riuscì a reprimere la curiosità di sua figlia sull'uomo della motocicletta fornendo il minor numero possibile di dettagli su Jonathan Frith. L'uomo era il fratello di zio Bill, e zia Doris era amichevole, proprio come dovresti essere con un cognato. E ora l'uomo era andato via, si era trasferito in un'altra città.

"Così non lo vedremo mai più? E tutte quelle scatole immagazzinate le ha portate con lui?" chiese Vera.

"Le stava tenendo da parte per qualcun altro, questo è tutto." Annabelle scelse di dire una piccola bugia per porre fine all'interrogatorio di Vera, almeno per ora.

"Ci sono tante cose che non capisco, mamma," disse Vera, sospirando il che fece sorridere Annabelle. "Immagino di dover crescere per avere le risposte."

"Credimi, cara, quando sarai cresciuta non sempre avrai tutte le risposte."

Quella sera Annabelle si sedette accanto al letto di Vera, sporgendosi per darle il bacio della buonanotte. Mentre lo fece cadde dal comodino un libro sul pavimento.

"Che cos'è questo? Il Giardino Segreto. Lo sai che io e tua zia leggevamo a turno questo libro quando eravamo piccole."

"Lo so. Zia Doris mi ha detto che potevo prenderlo in prestito, a patto che me ne prendessi cura. L'ho iniziato a leggere quel venerdì..."

"Il venerdì che sono andata via."

"Ero così spaventata, mamma. Pensavo che non saresti potuta tornare più a casa e noi avremmo dovuto vivere con zia Doris per sempre. E poi mi sono resa conto che potevo scegliere di essere paurosa o potevo scegliere di non esserlo."

Anche Annabelle aveva dovuto fare una scelta. Proprio qualche giorno prima aveva dovuto scegliere tra tornare alle sue responsabilità come madre e come moglie, o vivere poche ore di libertà. Sua sorella Doris, aveva scelto di rischiare il suo matrimonio per un flirt con un uomo che aveva infranto la legge per il proprio profitto. Ogni decisione portava a un percorso, che di per sé poteva condurre a un vicolo cieco distruttivo, o poteva portare a una rotatoria che forniva la possibilità di ritorno alla sicurezza.

Annabelle prese la mano di sua figlia, stringendola tra le sue. "Hai scelto di essere coraggiosa. Enid mi ha detto come le hai condotte in un luogo sicuro quando è suonata la sirena dell'incursione aerea."

"Ma io sono andata proprio nel posto in cui mi avevi detto di non andare."

"Tu hai fatto una valutazione ed è stata una buona decisione, e per questo sono molto orgogliosa di te."

"Quindi posso andare a giocare di nuovo a campana in Sandy Close?"

"Puoi andarci, solo se mi prometti di non entrare di nuovo nella Roebuck House."

"Perché è veramente infestata?"

"Perché è pericoloso. Lo hai visto da te stessa. Non voglio che torni a casa con la testa rotta, non credi? Pensa a quante storie hai fatto per quel piccolo graffio sulla tua mano."

Il graffio era ora riferito al taglio che si era fatta con la 'carne in scatola'. Era guarito bene ma era stata una buona scusa per Vera per non essere troppo coinvolta nelle faccende quotidiane. Ogni volta che si parlava di lavare i piatti o apparecchiare la tavola Vera alzava la mano con un'espressione di sgomento sul suo viso 'La mia mano è ferita'.

"E penso che sia ora che ti occupi di nuovo della tua parte di faccende, non è vero?" disse Annabella strizzando l'occhio. "Ora mettiti giù e dormi e staremo a vedere che cosa ci porterà domani."

Il sabato dopo che Annabelle era stata a fare visita a sua sorella, il ragazzo dei telegrammi bussò alla porta del Victoria Lodge. Annabelle chiamò le figlie che erano nel giardino sul retro a giocare a palla. Tutte e tre sedettero al tavolo della cucina e si tennero per mano. Quindi Enid fece un cenno a sua madre, prima di lasciarle la mano rendendola libera per aprire il telegramma.

Annabelle lesse le parole ad alta voce, la sua voce si ruppe prima di pronunciare l'ultima sillaba

'Si conferma che il caporale Matthew Stubbs è al sicuro e sta bene.'

Subito ci furono abbracci, e parole sussurrate da Enid 'Grazie, Dio,' Vera gridò 'Evviva'. Annabelle non disse nulla, aveva solo le lacrime agli occhi.

"Papà tornerà a casa ora?" disse Vera, prima di fare un salto e correre intorno al tavolo della cucina.

"Presto, mia cara, molto presto."

"Quindi io e papà potremo andare a Bottle Alley e anche se non possiamo mangiare ancora le caramelle, papà mi può raccontare la storia delle mentine Everton. Perché le caramelle non sono importanti, è stare insieme che fa la differenza, vero, mamma?"

"Si, cara, questo è davvero tutto ciò che conta."

PARLIAMO DI BOTTLE ALLEY

I lettori assidui dei miei racconti e romanzi di Crimini nel Sussex sanno che la città marittima di Tamarisk Bay è stata ispirata dalla mia città natale di St Leonards-on-Sea nell'Est Sussex. St Leonards-on-Sea confine a est con Hastings e a ovest con Bexhill-on-Sea.

In *Scelte* si parla di uno dei posti preferiti da Vera. Prima della guerra lei e suo padre andavano spesso a Bottle Alley, si sedevano accanto sui sedili di cemento, guardando il mare, mentre Matthew Stubbs raccontava la storia dei tempi felici alla sua giovane figlia. Ed è a Bottle Alley che Vera desidera ardentemente tornare, non appena è finita la guerra e suo padre tornerà a casa dalla famiglia.

E di seguito c'è un breve riassunto della sua storia...

Bottle Alley nacque dall'ingegno del re di Hastings - un certo Sidney Little. All'inizio degli anni '30, Little elaborò un piano per creare una passerella coperta lunga circa un chilometro, che si estendesse da St Leonards-on-Sea fino a Hastings. Sembra che Little sia stato un pioniere in fatto di riciclo, avendo avuto l'idea di riutilizzare il vecchio granito della vecchia tramvia mettendolo sulle pareti in modo da contrastare la forza del mare. Dopo un breve ritardo per la raccolta dei fondi, la costruzione iniziò con impegno e fu inaugurata il 12 maggio 1934 dal marchese di Reading.

La costruzione originale prevedeva vetrate che coprivano le aperture, in modo che ci fosse una protezione ancora maggiore dalle intemperie, dando ai residenti la possibilità di passeggiare sul lungomare nelle giornate più piovose. L'altra idea di Little era stata quella di abbellire le pareti di cemento con piccoli pezzi di vetro colorato riciclato – per questo diedero il nome alla passerella 'Bottle Alley'.

Ora le vetrate non ci sono più, ma ciò non scoraggia i molti visitatori e persone del luogo di godersi quel posto. Inoltre, nel 2017, furono installate luci colorate per l'intera lunghezza di Bottle Alley, dando l'opportunità di spettacoli di luci serali, che si rispecchiano nel mare.

Ringrazio per le informazioni fornitemi:
https://www.hastings.gov.uk/arts-culture/bottle/
https://.1066.net/bottlealley/
https://historymap.info/BottleAlley

GRAZIE

Devo molto al sito della BBC, WW2 People's War, per gran parte della mia ricerca sulla vita durante la Seconda guerra mondiale. Questa risorsa completa raccoglie migliaia di resoconti in prima battuta della vita di allora. Ho approfondito le esperienze di così tante persone coraggiose che hanno dovuto trovare un nuovo modo di vivere, sia stimolante che umiliante per la lunga durata della guerra. Raccomando questo sito a chiunque sia interessato a questo periodo cruciale della storia.

La maggior parte degli autori sarà d'accordo sul fatto che la scrittura può essere un'attività solitaria. Quindi mi considero molto fortunata ad avere l'incoraggiamento ed il sostegno di alcune persone meravigliose. I miei brillanti compagni di scrittura, Chris e Sarah, e mio fratello David, che continuano ad offrirmi non solo critiche inestimabili, ma anche l'ispirazione per andare avanti. Un sentito ringraziamento va a tutta la famiglia ed agli amici troppo numerosi per essere elencati qui. Sono grata a tutti quanti. Anche, voglio dire mille grazie ad Anna e Loretana per tutte le ore che hanno passato nel tradurre questo libro. Voglio anche dire grazie a Brian che ha letto il libro in italiano per essere sicuro che non abbiamo fatto errori.

E, nelle parole di una delle mie canzoni preferite, il mio amore e grazie a mio marito, Al, che è 'il vento sotto le mie ali.'

RIGUARDO L'AUTORE

Isabella Muir è affascinata dal passato: ama esplorare com'era la vita per le famiglie che hanno vissuto i decenni dagli anni '30 fino agli anni '60. È autrice di due serie poliziesche, entrambe ambientate nel Sussex, nell'era iconica degli anni '60, e di diverse novelle ambientate durante la Seconda Guerra Mondiale. Isabella ha riscoperto il suo amore per la scrittura, di narrativa, durante due felici anni trascorsi completando il suo Master in Scrittura Professionale e da allora ha pubblicato sei romanzi, cinque novelle ed due raccolta di racconti.

La sua prima serie, Crimini nel Sussex, ha come protagonista una giovane bibliotecaria ed investigatrice dilettante: Janie Juke. La serie è ambientata alla fine anni '60 nella immaginaria città balneare di Tamarisk Bay, dove incontriamo Jane, che si occupa della biblioteca mobile. Lei è un'appassionata delle storie di Agatha Christie – in particolare di Hercule Poirot - userà tutto ciò che ha imparato dalla Regina del Crimine per risolvere crimini e misteri. Questa serie è composta da tre romanzi dove si scopriranno i retroscena degli abitanti di Tamarisk Bay: *La Borsa Ricamata, Oggetti Smarriti e Il Caso Invisibile.*

Il suo ultimo romanzo, *Dopo la Tempesta* è il secondo di una nuova serie di Crimini nel Sussex, con protagonista un detective italiano in pensione, Giuseppe Bianchi. Il primo della serie - *Oltrepassare la Linea* - ci ha presentato Giuseppe Bianchi il giorno che arriva nella tranquilla cittadina balneare di Bexhill-on-Sea, nell'East Sussex, per trovare un cadavere sulla spiaggia e così inizia la storia...

Il romanzo singolo di Isabella, *The Forgotten Children,* tratta il delicato argomento dei bambini migranti che furono inviati in Australia – ancora concentrato sulla vita familiare negli anni '60 quando era ancora vigente la politica dei minori migranti inviati in Australia.

www.isabellamuir.com

LIBRI DELLO STESSO AUTORE

Libri italiani dello stesso autore

NUOVISSIMA SERIE DEI MISTERI NEL SUSSEX
Protagonista un detective italiano in pensione – Giuseppe Bianchi
VOLUME 1: OLTREPASSARE LA LINEA*
VOLUME 2: DOPO LA TEMPESTA*

LA PRIMA SERIE MISTERI NEL SUSSEX
Protagonista una giovane libraria dilettante - Janie Juke
VOLUME 1: LA BORSA RICAMATA*
VOLUME 2: OGGETTI SMARRITI*
VOLUME 3: IL CASO INVISIBILE*

RACCONTI DELLA SERIE MISTERI NEL SUSSEX
La vita in tempo di guerra in Tamarisk Bay
DIVISI SI PERDE
OLTRE LE CENERI
SCELTE
LA MIETITURA
ASPETTANDO CHE RISPLENDA IL SOLE
MAI ABBASTANZA

Libri inglese dello stesso autore

BRAND NEW SUSSEX MYSTERY!
Featuring retired Italian detective - Giuseppe Bianchi
BOOK 1: CROSSING THE LINE
BOOK 2: AFTER THE STORM

THE SUSSEX MYSTERY SERIES
Featuring young librarian and amateur sleuth - Janie Juke
BOOK 1: THE TAPESTRY BAG**
BOOK 2: LOST PROPERTY**
BOOK 3: THE INVISIBLE CASE**
BOOK 4: A NOTABLE OMISSION

THE SUSSEX CRIME MYSTERIES
A Janie Juke trilogy - box set

SUSSEX MYSTERY NOVELLAS
Featuring characters from the Janie Juke novels
DIVIDED WE FALL
MORE THAN ASHES
WAITING FOR SUNSHINE

THE HARVEST
CHOICES
NEVER ENOUGH

THE FORGOTTEN CHILDREN**
A story about a mother's search for her child

TWELVE AT CHRISTMAS
An anthology of twelve Christmas-themed short stories

IVORY VELLUM
An anthology of short stories

*Tutti i volumi sono disponibili anche in lingua originale - inglese
**Disponibile in audiobook solo lingua originale – inglese

www.isabellamuir.com